「トウマ。きみは、忘れるかもしれない。でも……、私は愛しているんだ」

なにを言われたのか、トウマには考えることもできなかった。（本文より抜粋）

DARIA BUNKO

純潔オメガの誘淫《ハニートラップ》

高月紅葉

ILLUSTRATION 篁 ふみ

ILLUSTRATION
篁 ふみ

CONTENTS

この作品はフィクションです。

実在の人物・団体・事件などに一切関係ありません。

純潔オメガの誘淫《ハニートラップ》

【1】

穏やかな海原のシーグリーンに夕陽のオレンジが溶けて、サンダウンのグレイブルーが空を覆い尽くしていく。

アパートメントの窓から見る景色は、向かいの建物に阻《はば》まれて狭《せま》い。建物の間からわずかに垣間見《かいまみ》える程度だ。

しかし、隙間《すきま》を抜けて吹いてくる風は、爽《さわ》やかなマリンブリーズだった。避暑・避寒のリゾートとして名高いサンドラの街は、通年して気温が安定している。

窓辺に腰を預けたトウマはシャツのカフリンクスを片手で留めながら、ヘリオトロープが咲き乱れるウィンドウボックス越しに裏通りを見下ろした。

観光客はやってこない地元民の居住区だが、無数の小さな電飾に飾られている。通りにはイスやテーブルが置かれ、住人たちの憩《いこ》いの場になっていた。

夕暮れ時のいまは、料理を持ち寄った住人たちが、サングリアを片手に食事を始めているところだ。

その中のひとりが、トウマに気づいて手を振る。ふくよかな身体付きをした中年の女だ。いつものように手招きで誘われたが、カフリンクスを着けたばかりの手を振り返して断わると、がっかりしたように肩をすくめた。彼女から声をかけられた住人たちが顔を上げ、一斉にグラスを掲げる。

大きく手を振り返して、トウマは部屋の中へ引っ込んだ。開いた上げ下げ窓はそのままに、カフリンクスをもうひとつ手に取った。

涼しい夏生地のドレスシャツは純白無垢《むく》だ。シミひとつない。器用にカフリンクスを留めて腰にカマーバンドを巻く。マリンリゾートの夜は、湿気を帯びた海風で冷えることが多い。とはいえ、シャツの上に夏生地のタキシードを着れば、やはりそれなりに暑くなる。

軽装に越したことはないのだが、一流の格好をしなければならなかった。カマーバンドで締めた細腰も、その理由のひとつだ。

「今夜も、お見事」

リビングから寝室へ入ってきた男が、ふざけた拍手をする。トウマが冷たく睨《にら》むと、ギリギリ肩につく髪を雑なハーフアップにまとめた男は、両肩をひょいと引きあげた。

「その氷のような瞳がたまらないね。常夏《とこなつ》のリゾートにはおあつらえ向きの清涼剤だ」

「ふざけるな、ヒューゴ。おかしいところはないか?」

トウマは真剣に聞く。

「ん。回ってみろ」

指でくるくると円を描きながら言われ、その場でゆっくりと回ってみせる。

光が当たると金色に透ける琥珀色《アンバー》の髪は、額《ひたい》を少し隠してサイドへ流し、耳にはほんの小さなジルコニアのピアス。ドレスシャツの胸元にはドレープたっぷりのレースが縫い付けてある。

「まぁ、ケチをつける方が難しい」

近づいてきたヒューゴが、無精《ぶしょう》ヒゲを歪《ゆが》めてニヤリと笑う。緑がかった茶色の瞳を見つめ返し、トウマはよそ行きの表情を作った。

きりっと伸びて弧《こ》を描く眉《まゆ》に、髪と同じアンバーの瞳。長いまつげは愁《うれ》いを帯び、高すぎない鼻梁《びりょう》と小ぶりな鼻が清楚《せいそ》な雰囲気を醸《かも》す。

「はいはい。上出来、上出来。勃起《ぼっき》しそうですよー」

棒読みで言ったヒューゴは飄々《ひょうひょう》としている。イスの背にかけたタキシードのジャケットを引き寄せた。

「襟《えり》にマイクを仕込んである。本体も左側」

言われながら肩へと着せかけられる。トウマは素直に従った。

左手でポケットを押すとチーフの向こうに薄いカードの感触がした。

「GPSはピアスのキャッチャーに入ってる　プランはBで。変更があれば、現場で指示がある。ターゲットは2030。変更なし。OK？」

「イエス、オフコース」

指先で前髪を軽く跳ねあげ、トウマは歌うように答えた。タキシードの襟を引っ張って整える。

「トウマ。一応、言っとくけど。命の危険がない限り、EMG《エマージェンシー》は出さない」

お決まりの宣告だ。わかりきっていると言う代わりに相棒の胸を拳《こぶし》で叩《たた》いた。

「そのときはそのときだ。素直に足を開いてやるよ」

うそぶいて笑い返すと、

「そうなれば、ご褒美なのになぁ」

ふざけたヒューゴがチェストの上のコロンを手にした。空中に二度ほど吹き付ける。仲間内でもクールビューティとして名高いトウマは、甘いジャスミンの香りをまとうため、ミストの下をくぐり抜けた。

トウマ・キサラギ。二十五歳。国籍はニッポニアで、大学院生だ。

長期休暇のたびにサンドラを訪れるようになって足かけ六年。地域とも馴染み、まるで第二のふるさとのように過ごしている。

サンドラは、地中海に面した国家・イタリアーナのリゾート都市《シティ》だ。ニッポニアの経済特区になったのは、トウマが訪れるようになる十年ほど前のことで、経済破綻スレスレに追い込まれたイタリアーナ政府が、借款《しゃっかん》との引き換えにサンドラを差し出した。ほぼ無条件の貸与だ。

つまり、街全体がカジノ文化を有しているサンドラは、ニッポニアの飛び地兼国営カジノとして管理されている。

遊客は世界各地から集まり、マリンリゾートとしても大盛況だ。

街には多くの高級ホテルが建てられ、ほぼ年中、セレブの集まるパーティーが開かれている。特に人が集まるサマーバカンスのシーズンは、トウマのように見目の良い若者がパーティーコンパニオンに雇われることも珍しくなかった。

アパートメントの住人たちは、長期休暇中の学生が小遣い稼ぎに来ていると信じて疑わないし、もちろん、トウマもそのように振る舞っている。

長い時間をかけて通い、人間関係と地盤を作るのも『任務』の一環だ。

一方、ヒューゴは完全な偽名を使い、サンドラを本拠地として各国を飛び回っていた。ふたりはコンビだが、肩書きは異なっている。

ヒューゴは雇われ工作員で、対するトウマは政府機関の所属だ。

正式な肩書きは、内閣情報調査室付特別情報管理課情報調査事務官。書類上の経歴はすべて偽りであり、実際の任務が記載されることはない。

ニッポニアが秘密裏に抱えているインテリジェンスエージェントだ。

トウマは、その中でも数人しか存在しない特殊技能を有するスペシャルエージェントのひとりで、サンドラに拠点を作りながら、別の国で発生する案件に携わってきた。

その任務はすべて、いわゆる『ハニートラップ』だ。しかし、色仕掛けをするだけなら、なにもスペシャルなことはない。

対象とベッドインしてゴシップを作り出す工作員や、時間をかけて恋愛関係に持ち込み、長期に情報を引き出す工作員は珍しくない。

トウマのハニートラップが特殊なのは、その素早さと的確さだ。

「今回の案件は、ちょっと難しいかもな。おまえでも」

窓を閉めたヒューゴが肩をすくめる。

ちらりと視線を送ったトウマは、薄く笑いながら靴を履《は》き替えた。ベッドの端に座り、革靴の紐《ひも》を結ぶ。

風が入らなくなり、室温がじんわりとあがっていく。

「断ればよかったのに。下準備が中途半端だろ」

ヒューゴの言葉にトゲを感じ、またちらりと視線を向ける。

「上には上の考えがあるんだろう」

トウマが答えると、ヒューゴの靴先が気ぜわしく動いた。

「人員を減らして、下準備も兼ねさせようなんてケチくさい」

「仕方がないだろ。それに、そろそろ『しかける』時期だ。情報ルートの確保が進んでない」

「だから、それっておまえの仕事？」

「たまにはいいだろ。長期戦も」

すべての情報が揃《そろ》っている単発任務と違い、サンドラでの任務は下準備のサポートがない。

情報収集もトウマの仕事だ。

「それで、おまえがここいらのトップに立てるっていうなら、いいけどさぁ」

トウマよりも七歳年上の男は気取らないのが長所だ。しかし、感情を面《おもて》に出しすぎるきらいもある。いまも、不満げに顔を歪め、これみよがしなため息をつく。

ニッポニアの経済特区となったサンドラにはさまざまな人が集まる。きらびやかであればあるほど、闇は深くなり、行き交う物資や情報に犯罪の影が差し込む。ニッポニア本国では禁止されている銃や薬物も、サンドラでは容易に手に入る。それらの密売や、カジノ利権に絡んだ金銭の流れ、そして、本国の政治家や第三国同士の密談に至るまで、本国が集めておきたい情報は山のように存在する。

トウマの上司であるモリス・シノザキが、サンドラにおけるインテリジェンスの統括官だ。エージェントを配置し、情報ルートを掌握する。よっぽどのことがない限り、本国から直接の指示が飛ぶことはなく、組織は独立した機関として成立している。いざというときには、本国は無関係だと言ってこちらを切り捨てることになっていた。

すべては暗黙の了解だ。こちらは勝手に情報を集め、勝手に送る。どのように使われるかに関知することさえない。

インテリジェンスの充実は、起こった問題への対処のためではなく、不測の事態に備えるためのものだ。問題が起きてから動くのでは遅く、後手《ごて》に回る。

「モリスは信用のおける男だよ。やり手だ」

トウマの言葉に、ヒューゴが黙り込む。

「なんだよ、ヒューゴ。本当に、人の好き嫌いが多いな」

「他人さんを信用しないのが俺のいいところだ」

「短所だろ」

冷ややかに笑ってみせると、

「長所、だっ！」

ヒューゴはドンっと床を踏み鳴らした。無精ヒゲの生えたあごをそらす。仕草は子どもっぽいが、通信班としての腕は確かだ。

ターゲットに密着する機会の多いトウマはイヤホンを装着できない。だから、建物の外で待機するヒューゴが会話を盗聴し、パーティーに紛れ込んでいるサポートエージェントもしくは工作員たちへ指示を出す。有事の際には、彼らがトウマを逃がしてくれるのだ。

協力者に印はないので、トウマが味方を知ることはできない。基本的に、自分ひとりの力で、指定されたターゲットをたぶらかし、重要な情報を入手する。その場限りで勝負を決める、スポット・ハニートラップだ。

しかし、サンドラでは勝手が違っていた。

トウマは『長期戦』と表現したが、実際にはインテリジェンス活動の『仕掛け』を構築している段階に過ぎない。今回の相手《ターゲット》とも交友関係を作っておくだけで、まだ誘惑する必要はなかった。

さしあたって身の危険もないから、盗聴器でなく録音機を用意してくれとヒューゴに頼んだが、盗聴しながら録音すると返され、あっさり却下された。

そつなく仕事をこなすトウマを過保護に扱うことで、ヒューゴは年上ぶりたいのだ。

「俺さぁ、温和な顔した人間って信用ならないんだよな」

ヒューゴはまた、モリスに対する悪口を言い出した。

「だいたい、おまえはさ……」

言いかけて口ごもり、首の後ろに手を回す。

「キレイでイヤんなるね。男のくせに、なぁ」

髪の中に手を突っ込み、ボリボリ掻《か》きながらため息をつく。

「どうも、どうも。もっと、褒めていいんだよ」

小首を傾《かし》げたトウマは、わざとらしく浮かべた微笑《ほほえ》みをヒューゴへ向けた。


パーティーのカラーは、総じて音楽で決まる。

今夜は軽快なリズムが心地いいボサノバが流れている。邸宅レストランを貸し切りにした会場内にバンドが配置され、生演奏の音は、木々に囲まれた小さなガーデンにも響いている。

雰囲気だけならバハマやカンクンのリゾートにいるような気分になり、過去の案件がトウマの脳裏をよぎった。

しかし、そのときどきのターゲットについては完全にシャットアウトだ。でっぷりと腹の出た成り金オヤジや、きつい体臭と濃厚な香水が強烈だった強欲マダムのことは、忘れ去ってしまいたい。

「やぁ、ひとり？」

視界に影が差し込み、三十代半ばと思われる男性に、ひょいと顔を覗《のぞ》き込まれる。ぼんやりしていても、油断はしていない。

トウマは、ごく普通の青年がするように、ほんのわずかに驚いてみせた。

硬い表情で浮かべる微笑みは、パーティーコンパニオンの仕事に慣れていないそぶりだ。

「約束があるのかな？」

甘い声で尋ねられ、トウマは一歩あとずさる。どんなパーティーであっても、不慣れなコンパニオンをもてあそぼうとする輩《やから》はいるものだ。トウマには顔を見ただけでわかる。

助けを求めるようにフロアを見渡すと、幾人かの客たちと目が合った。女よりも男が多い。

しかし、その中に目指すべきターゲットは見つけられなかった。今夜はまだ現れていないようだ。

「退屈しているんだ。話し相手になってくれないか」

誘いをかけてきた男は、トウマの手からシャンパングラスを優しく取りあげた。かと思うと、人の波を器用にすり抜けるボーイを呼び止め、シルバートレイから赤ワインのグラスを取る。

ふたつのうちのひとつを押しつけてきた男は、自分の手に残ったグラスを、悠々《ゆうゆう》とした仕草で顔の位置に掲げた。

「ぼくは……あの」

深く息を吸い込み、引き止めようと伸びる腕からするりと逃げる。追われては面倒なので、一目散《いちもくさん》に人の波へ飛び込み、そのままガーデンへ出た。

室内とは違う爽やかな風を頬《ほほ》に感じ、トウマは顔を隠すように目を伏せる。

今日こそはターゲットにコンタクトを取ろうと、フル装備のタキシードで来たのが仇《あだ》となっている。パーティーコンパニオンのボーイならば、邸宅パーティーでの正装も珍しくはない。ほかにも多数見受けられる。しかし、トウマに勝る美形は見当たらなかった。

つまり今夜の相手を探す客にとっては格好の餌食《えじき》だ。

ひとりめが特攻してきたとなると、ふたりめが誘いに来るのも時間の問題だろう。そうなれば、断るほどに周りに気づかれ、トウマの前に誘いの列ができる。うぬぼれではなく、経験からの懸念だ。

このままターゲットが現れないのなら、今夜は撤退も視野に入れなければと考え、身を隠すためにガーデンの隅へ足を向けた。

こんな形で顔が知れ渡るには、まだ時期が尚早《しょうそう》だ。少なくとも、今回の案件をこなせる目処がつくまでは避けなければならない。

サンドラは拠点であると同時に、今後の仕事場だ。大学院を出たあとはサンドラで就職先を選び、パーティーコンパニオンをしながら情報ルートの構築と収集を行うことになっていた。

そして、大きな案件の指示があれば各地へ飛び、いつものスポット・ハニートラップを仕掛ける。それが『上』の決めた、トウマに対する運用方針だ。

打診を受けて承諾をした決定事項だから異存はない。国家の忠実なる犬として粉骨砕身《ふんこつさいしん》する覚悟はできている。

そのために過酷な訓練を耐えてきた。自分にしかできない仕事だと信じているからだ。

赤ワインのグラスをくちびるに近づけ、花に似た果実のかぐわしさを嗅《か》ぎ取る。そのときふいに、ガーデンの空気が揺らいだ。

人々のさざめきにパッと明るさが広がり、注目の人物が現れた気配がする。グラスの中のワインでくちびるを濡らしたトウマは、さりげなく視線を向けた。

幾重にも重なった人垣の先に見えたのは、待ちわびていた男の姿だ。

一歩踏み出すたびに周りから声をかけられ、にこやかな微笑みで短い挨拶《あいさつ》を交わす。男に対してはビジネスライクにそっけなく、顔見知りの美女に対しては挨拶以上の会話をする。

身を屈《かが》めて腰へ手を回し、今夜のフィーリングを確かめるように、耳元へのささやきを受けるのも毎度のことだった。気障《きざ》が似合う色男だ。

すらりとした腰高の長身で、肩幅があり、胸板もほどほどに厚い。彫りの深い顔立ちだが、目元は涼やかで、水が滴《したた》り落ちるような色気を感じさせる男前だ。

そして、トウマが待ち構えていたターゲットでもある。

名前は、リカルド・デルセール。ここ数年でメキメキと頭角を現した不動産会社の敏腕社長だ。サンドラはけして大きな街ではない。だからこそ、ニッポニアの経済特区となってからは地価が跳ねあがった。不動産の既存物件の価格も吊りあがっている。

色気と美貌《びぼう》と金銭的余裕を兼ね備えた若い男は、どこのパーティーでも、引く手あまたな注目人物だ。きらびやかな女たちを引き連れているが、得意げに侍《はべ》らせているわけではなかった。

同伴相手のいないリカルドの気を引こうと集まった女たちが、自分勝手に取り囲んでいるだけだ。リカルドはお気に入りをピックアップして消えることもなければ、自分から口説くそぶりも見せない。身のこなしは紳士的で、不思議と身持ちの堅い印象がある。

それは、パーティーに顔を出すリカルドの目的がアバンチュールではないからだ。彼はビジネスのコネクションを作るため、自分の容姿や地位を利用して女を引き寄せ、それぞれをじゅうぶんに品定めすると、未来の顧客へさりげなく斡旋《あっせん》する。

行為には、違法性も犯罪性もない。リカルドは売春をさせているわけではなく、男女をマッチングしているだけだ。

トウマは腕時計をちらりと見た。時間を確認して、そのまま指先で口元を覆う。

「2048、インサート&ゴー」

早口につぶやき、盗聴器に時間の記録を飛ばす。二十時四十八分。ターゲットの会場入り。そして、これから動くという合図でもある。会場の近くで待機したヒューゴが電波を拾っているはずだ。

指先でくちびるをなぞり、伏せていた視線をガーデンへ戻した。リカルドの位置を確認しながら、周囲をひと通り眺める。トウマの存在に気づいている客はおらず、先ほどのように誘いをかけようと待ち構える視線もなかった。

不慣れなパーティーコンパニオンのふりをして、トウマはふらふらと薄闇から出る。グラスを片手に持ち、人の波にまぎれ込む。まっすぐ歩けないほどの混雑ではないが、場所によっては迂回《うかい》しなければならない。トウマはぎこちなく人と人の間を歩いた。そうして、リカルドに近づいていく。

彼の行動パターンを観察するために、もう何度もパーティーに参加してきた。しかし、相手の視界に入ったことはない。

出会いを求めていない相手とのファーストコンタクトは、いつも視界に入っているような遠回しなやり方ではダメだ。印象を残すため、できる限りのドラマチックな演出が必要になる。

女に取り囲まれたリカルドが、ドリンクのトレイを持っているボーイを呼び止めた。トウマは反対側に目を向け、リカルドの前に立っている女の腕にぶつかる。華奢《きゃしゃ》な身体が傾いで、キャッと声があがった。

「あっ……」

トウマも声をあげ、とっさに身体をひねった。女の身体はリカルドに守られ、元いた場所を離れている。自然と生まれた隙間で、トウマはつまずいた。

タキシードで男だと判断され、胸元を突き飛ばされる。リカルドは紳士だ。男よりも女を守る。それも計算尽くのトウマは、グラスを傾けた。

一瞬のやり取りだ。ワインが弾けるようにこぼれ、リカルドのジャケットに振りかかる。女たちは悲鳴をあげながら飛《と》びすさった。一張羅《いっちょうら》のドレスの裾《すそ》を一瞬で引きあげる。

「ごめんなさい……っ」

トウマの視線は、リカルドのジャケットだけを向く。麻混の生地のカジュアルタキシードで、襟元だけがシルク地だ。見事にワインがかかり、白いシャツが赤く染まっている。

対照的に青ざめたトウマは、大慌《おおあわ》てで自分の腰に手をやった。いつもならズボンのポケットにハンカチが入っている人間の行動を真似、ハッとしたように息を飲んだ。タキシードに、そんなポケットはない。

「すぐに、洗えば……ッ」

声を上擦《うわず》らせて、リカルドの腕を掴《つか》んだ。リカルド本人にも、周りの女たちにも口を挟《はさ》ませず、強引に腕を引っ張る。リカルドがその場を動くかどうかは賭けだ。ここで頑強に拒まれたとしたら、次の機会を狙《ねら》うしかない。

しかし、トウマには勝算があった。女にぶつかる不躾《ぶしつけ》な男を押しのけるにしては、自分の胸を突いたリカルドの力は中途半端だったからだ。その一瞬、顔を見たのだろう。そして怯《ひる》んだ。

だから迷わずに腕を引く。

リカルドは、女たちをその場に残しトウマに従った。足早に邸宅内のトイレへ向かう。

普段はレストランとして営業している邸宅のトイレは清潔だ。大きな鏡の前に手洗い場がふたつ付いている。手を拭くためのハンドタオルを掴み、トウマは必死になってリカルドのジャケットを押さえた。そういう演技だ。

「かまわないよ。服ぐらい」

リカルドの笑い声が耳に届き、トウマはハッと息を飲む。

恐る恐るといったふうに顔を上げて、男を下から見つめた。視線が合った瞬間、痺《しび》れるような感覚に襲われ、トウマらしくもなく演技を忘れた。とろりと甘い柑橘《かんきつ》の匂《にお》いが、本能的な怯《おび》えを引き起こす。

「きみは……」

眉をひそめたリカルドの言葉が途切れた。トウマは、怯えを感じながらも視線を動かさない。上司のモリスから与えられたミッションが頭をよぎる。

リカルドのひととなりを探ること。そして、彼がマフィアの一員である証拠を得ること。

それが、今回の仕事だ。

ニッポニアの経済特区となる前から、サンドラの街にはマフィアがいて、裏の社会は彼らが牛耳《ぎゅうじ》っていた。政府としては、常にマフィア組織を監視しておく必要があり、同時に、彼らが引き起こすであろう犯罪を未然に防ぐ責任を負っている。

モリスの元に入った情報によると、リカルドは、裏カジノを仕切っている『ミハイロフファミリー』の新しい幹部だ。

「こんな高級な服……。どうしよう……」

喉《のど》から絞り出した声は、そうしようとしなくても震えてしまう。トウマは演技でなく戸惑い、目を伏せる。

「きみは、コンパニオン？　本業じゃないね」

リカルドの声は落ち着いていた。

「まだ学生なんです……。大学院の」

「なるほど。そんなに怯えなくても、取って食いはしないよ」

「……あ。いえ……、そうじゃなくて」

しどろもどろになって視線をさまよわせながら、トウマは深い呼吸を繰り返した。柄にもなく波立った心をなだめ、リカルドを上目遣いに見つめる。

「あなたみたいな人と……、話を、しているなんて……」

肩をすくめながら、視線をそらして身を引く。サンドラのパーティーに出入りする人間はみんなリカルドを知っている。若き実業家で、金回りがよく、遊び上手な色男だ。

「そのジャケット、水洗いするわけにもいかないでしょうね」

ごまかすための明るい口調で続け、また相手を見る。今度ははっきりと意思を持って、秋《しゅう》波《は》を送る。

好みのタイプだと思っていても言えないふりで、ドギマギしながら視線を揺らす。対するリカルドは好意を向けられることに慣れていた。男女問わずに言い寄られるのだから当然だ。

トウマの視線をごく自然に受け止め、紳士的な微笑みを浮かべた。

「服のことは気にしなくていい。きみの雇い主に請求することもしないよ」

「本当ですか」

晴れやかな笑顔を浮かべてみせたトウマは、はにかみながら髪を耳にかけた。軽くくちびるを噛み、物言いたげな視線を送る。

誘ってもいいと、隙を見せた。よほどの朴念仁《ぼくねんじん》でなければ、トウマのモーションを見逃す人間はいない。

そして、遊び慣れたパーティーピープルなら、相手に恥《はじ》をかかせることもなかった。

「今夜はもう表には出られないから、話し相手になってもらおうか」

のぼせた学生相手の切り返しとして、これ以上ないほどの紳士的な模範解答だ。

「裏に散策用のガーデンがあるのは知ってる？」

「いえ……」

知らないと首を振ったが、もちろん嘘《うそ》だ。下調べの段階で、周囲の環境から建物の配置まで頭に入れてある。

「少し散歩をしよう」

誘われて素直に従ったが、差し出された手には戸惑った。いつもなら、簡単に手のひらを返す。触れることによって、相手に与えるであろう影響も知り尽くしていた。

けれど、今夜に限って、ひどく恐ろしい。

トウマに『わかる』ということは、リカルドも『わかる』はずだ。しかし、指先でさえ返さないという選択肢はありえない。

差し出された手のひらに、そっと指先を乗せる。思いのほか優しく握られ、トウマは純情そのものの仕草でうつむいた。身体の芯がビリッと痺れ、心臓がひときわ大きく跳ねる。ドキンと音が鳴ったような気がした瞬間、確信した。

リカルドは『アルファ』だ。

ヒエラルキーの頂点を構成する、生まれながらにして有能な選ばれし存在。

今日《こんにち》に至るまで、支配階級のほとんどはアルファに占《し》められてきた。理由はひとつ。彼らが有能な遺伝子を持つからだ。

人間には、男と女という外的特徴を示す性別のほかに、アルファ・ベータ・オメガに分別されるバース性がある。

アルファは男女ともに男性的生殖機能を持ち、ベータはそれぞれの性に沿った生殖機能を持つ。そして、オメガは、男女ともに女性的生殖機能を持っていて、アルファのつがいとして飼われてきた存在だ。

人口のほとんどはベータの男女が占め、アルファとオメガの比率は公表されていない。全世界的にオメガの差別を撤廃するためのバース保護法が広まり、個人のバース性はあきらかにする必要性もなくなった。

しかし、アルファとオメガは、それぞれのバース性を感じ取ることができる。

背後から近づいてくる気配を感じるのと同じだ。アルファはオメガから柔らかな雰囲気を、オメガはアルファから包み込むようなプレッシャーを感じる。

人によって敏感・鈍感の違いはあり、バース性の強さに依るところも大きい。バース性の強さとはフェロモンの濃さであり、訓練を受けたトウマは、相手のバース性だけでなく、フェロモンの強弱も的確に感じ取れる。

リカルドに指先を握られたトウマは、導かれるままに裏手のガーデンへ出た。リカルドのアルファ性はあきらかに強い。けれど、高圧的ではなく、風が吹くように揺れている。不安定なのではなく、呼吸をするように揺らいでいるのだ。

散策路が造られた回遊式の小さな庭だ。どこからともなく吹いてくる海風に、木立がさわさわと音を立てて揺れている。建物からの明かりは届かず、散策路に置かれたライトがほのかに道を照らし出していた。

気づいているはずのリカルドはなにも言わず、ただ黙ってトウマの手を握っていた。その手のひらはさらりと乾いているのに、トウマの手だけが熱を帯び、汗を滲《にじ》ませていく。

トウマはひっそりと息を吸い込んだ。

「どうしたの」

リカルドが振り返り、からかうように顔を覗き込んでくる。

トウマは一瞬、カウンターアタックを返しそうになった。アルファの気配を感じ続けて、過剰な緊張を強《し》いられるせいだ。

フェロモンをフルスロットルにして、やり返すこともできるが、今回はまだダメだ。

「そんなに緊張しないでくれ。まるで、私が、悪い狼《おおかみ》のようだ」

ふっと笑ったリカルドは、勝ち誇った目をしていた。

トウマはまつげを伏せ、顔をそらす。アルファのフェロモンにあてられない訓練も重ねてきて、ハニートラップを仕掛ける相手がアルファだったこともある。それなのに、無意識にうなじを晒《さら》していることにも気づけなかった。

「名前を教えてください」

せつなげな声が、トウマの喉から絞り出される。

「リカルドだ。きみは？」

「アンリ……」

偽名を口にしながら、トウマは顔を向けた。仕事のことはけっして忘れない。それがトウマの誇りだ。

月明かりの中で、頭ひとつ分背の高いリカルドを見上げる。

「まつげが……」

涼しくも精悍《せいかん》な目元に抜け落ちた短い毛を見つけ、指先をそっと伸ばした。

拭うように触れた指をリカルドに掴まれ、両手がぎゅっと握られる。

ごく当然のように引き合い、顔が近づく。甘い夏の花の匂いでいっぱいのガーデンは、ふたり以外に誰もいない。

トウマは目を閉じなかった。リカルドも、トウマの瞳を覗き込んだままでいる。けれど、ふたりの視線はぶつからない。トウマが無意識にかわしたからだ。

リカルドはまごうかたなき『アルファ』で、そして、対するトウマは『オメガ』だった。

引き合い、つがうことが当然のバース性を持ったふたりは、軽くくちびるを触れ合わせて離れた。リカルドの手から力が抜けて、トウマは危ういところで解放される。

キスの理由を問うことは意味がない。アルファにとって価値のある存在であるかどうか、オメガはいつでも試される。

降り注ぐ月の光が甘やかな誘いのように感じられ、トウマは浅く息を吸い込んだ。感情を押し隠し、自分自身を抱き締めるように身体へ腕を回した。

＊＊＊

オメガに生まれついたトウマの『特殊技能』はフェロモンコントロールだ。

通常、ベータがフェロモンを感じさせることはなく、アルファとオメガがフェロモンを放つ。

アルファのフェロモンはオメガよりも濃厚で、オメガは淡泊《たんぱく》だ。その代わりに、ヒート時に特別なフェロモンが出る。

それが、催淫効果を持つ、ヒートフェロモンだ。オメガのヒート期間中にだけ放出される、このフェロモンを、トウマは時期を問わず自由自在に放つことができる。

対象の性的興奮を、性別・バース性問わずに煽《あお》り、当人の知らぬ間に欲情させることができる。そして、最終的には、興奮をオーバーヒートさせて昏倒《こんとう》させてしまうのだ。

アルファ性でさえ暴走させるほど強力なヒートフェロモンを使える人間は数えるほどしかおらず、ニッポニアの機関ではトウマひとりだ。

技の習得には身体的な適正、強靫《きょうじん》なメンタル、そして薬物投与が不可欠だ。戦時中に行われた非人道的な人体実験でもあるから、表向きは全世界的に禁止されている。

しかし、オメガ特有の『ヒート』を抑える特効薬を生み出した側面があることも事実だ。

オメガには月に一度、動物の発情期に似た『ヒート』が起こる。一週間ほどの期間、ヒートフェロモンが溢《あふ》れ出る現象で、当人は火照《ほて》りを伴う性欲過多に陥る。症状の強弱に個人差はあるが、同時にヒートフェロモンによる催淫効果を撒き散らすことになる。これを抑え、日常生活を送れるようにするのがヒート抑制薬だ。

一般向けの抑制薬はバース保護法によって無料で手に入れることができる。アルファとつがいになっていないオメガであれば、数年に一度の服用で済むこともあり、バース性を隠して生活することが可能だ。

しかし、フェロモンコントロールの技能を持つトウマの場合は、特別な抑制薬を毎日服用する必要がある。おそろしく高額な薬だが、モリスを経由して所属機関から支給されている。

毎日服用していないと、ヒート期間中、フェロモンの催淫効果がフルスロットルの状態で垂れ流しになってしまうことがあるからだ。訓練中に一度、薬を飲まないヒートを経験したが、フェロモンがコントロールできなくなり、研究機関に所属するアルファが過剰反応を起こして夜《よ》這《ば》いをかけてきたのだ。

　思い出したくないほどの酷いありさまだった。オメガ性が未成熟だった上に、普段は感じのよかった男から暴力的な振る舞いをされ、トウマの心にはアルファに対する強烈な嫌悪感が残された。

　おかげでいまだに誰とも抱き合ったことがない。興味はあるが、その気になれず、任務中も寸止めで終わらせている。

　心のどこかにストッパーがかかってしまうのだ。

　女性に対してほのかな恋心を抱いても、親切心に対する感謝と同等レベルの好意でしかなく、恋と呼ぶには幼すぎる感情だ。

「次のコンタクトは二週間後のパーティーを予定しています」

　デスクの前に立ったトウマは、腰の後ろに腕を回して直立の姿勢を取っていた。

　報告を聞いたモリスは深くうなずく。

「リカルドは噂《うわさ》通りの男だったようだね」

　温和な顔立ちに浮かんだのは、トウマをねぎらう笑顔だ。年齢は四十代半ば。ニッポニアに妻子を残して単身赴任をしているモリスの事務所はサンドラの郊外にある。

　窓からは広い公園が眺められた。

「金にも女にも困っていないタイプですね。落ち着きがあって欲がなく、紳士的です」

トウマが答えると、モリスは小さくため息をついた。ニッポニアで訓練を受けていた頃から付き合いがある彼は、トウマがオメガであることを知っている数少ない関係者だ。

コンビを組んでいるヒューゴにさえ、オメガであることは明かしていない。しかし、勘のいい男だ。気づきながらも黙っているのかもしれない。

「このまま、信頼を得られるように関係を構築してくれ」

モリスに言われ、トウマは表情を引き締めた。

「それは長期的にですか」

「恋人になれとは言わないが、それに近い状態にまで持っていって欲しい。リカルドは、『ファミリー』から裏カジノの顧客リストを受け取っている。まずはそのリストの有無を調べてくれ。受け渡しの現場を押さえたあとでリストを手に入れたい」

「自宅へ出入りできる程度の関係に……ということですね」

「相手をコントロールできるきみなら、あの男を欺《あざむ》くこともできるだろう。隙のない相手だ。女性エージェントを差し向けたが、うまくいかなかった」

「どうしてですか」

失敗の原因があるのなら、知っておきたい。

「リカルドに落とされたからだ。失恋の痛手を抱えて、本国へ帰ったよ。向こうがこちらに興味を持たないからいいものの、情報を取りにきていたら大損害をこうむるところだった。だから、きみには期待しているよ、トウマ。……いまは、アンリだな」

「はい、そうなります」

背筋を伸ばし、トウマは快活に答えた。モリスがデスクの引き出しを開け、小さな箱を取り出す。

「いつもの薬だ。持っていきなさい」

「恐れ入ります」

一礼して近づき、手渡しで薬を受け取った。ヒート抑制薬だ。服用は毎日一錠。ヒート期間中も飲み続け、終わってから五日間は飲まない。

その期間は、じんわりとヒートフェロモンが流れ出るので、薬で抑えているヒート期間よりも対人関係に気を使う。

「体調に変化はないか」

モリスに気遣われ、トウマは薄く微笑んだ。

「もう慣れました」

「そうか。先月の定期検診でも数値に異常はなかったようだな。今度の案件は、どうだろう……。難しそうかい？」

胸の前で腕を組んだモリスはイスにもたれた。

トウマは答えに詰まる。質問の意図を掴みかねたのは、リカルドがアルファだったからだ。

事前に渡された調書を見直したが、可能性すら記載されていなかった。リカルドの経歴はある時点から先、遡《さかのぼ》ることができない。裏社会に入った人間にはよくあることだ。

ヒート抑制薬を飲み続けなければ日常生活を送ることのできないオメガと違い、アルファは優秀なベータを装うことが容易にできる。

「彼は、アルファですか」

トウマの問いに、モリスの眉が跳ねた。

「きみがそう言うのなら、間違いないだろう。だいじょうぶだったか」

イスから立ちあがり、デスクを回ってトウマに近づいてくる。肩に乗せられた手は温かい。

オメガに対する差別は完全に根絶されたわけではなく、乳児期における遺伝子検査でオメガと判明した子どもは、いまでも孤児院に預けられ、富裕層のベータ家庭に引き取られることが多い。トウマもそのひとりだ。

抑制薬が無料になってオメガは生きやすくなったが、育てる親には負担がある。バース保護法が施行されたことにより、バース性を隠し続けるという試練があるからだ。両親の教養が大きく影響する。

「俺以外には無理でしょう」

肩に乗ったモリスの手に視線を向け、トウマは穏やかに答えた。

血の繋《つな》がった両親の顔は見たことがない。けれど、孤児院から引き取ってくれたキサラギの両親は厳しくも優しかった。兄弟はおらず、ひとり息子としてたいせつに育ててくれた彼らは、大学院に通うトウマの平穏な暮らしを疑いもしない。

奨学金を受けて大学院へ進んだ、優秀な息子だと信じているからだ。

しかし、両親を欺いていることに対して、トウマは罪悪感を抱いていなかった。国家運営の末端に身を置いている自負があり、オメガの能力を使うことにもやましさはかけらもない。持って生まれた能力だ。使わなければ無駄になる。

「だが、きみにわかるなら、相手にもわかったかもしれないな。あの男には決まった相手はいないようだから、つがいの相手もいないだろう」

モリスが表情を曇らせる。

「……だからこそ、入り込む余地があります」

アルファとオメガは強く惹《ひ》かれ合う。運命だと言われているが、それでも相性のいい相手を見つけることは容易ではなかった。

つがいになるためには、互いが強い信頼関係を結び、興奮状態に陥った中でアルファによって首筋を噛まれなければならない。その行為が一種の契約となり、アルファの精神的な支配を受け入れたオメガだけが女性的生殖機能——卵胞刺激ホルモンの分泌——を持つことになる。

結果、アルファの多くはつがいを家に閉じ込め、外には出さない。子どもを産むごとにオメガは美しくなり、性的にも円熟すると伝えられているからだ。

ベータの間でまことしやかにささやかれる迷信の類《たぐ》いだが、つがいを持ったオメガが従属による精神的な幸福を得ることは事実だ。トウマの知るオメガも、つがいのアルファから強く求められ、仕事を辞めて家庭に入った。

「スポット任務がきみには向いているだろうね。この案件が終わったら、人員の確保に努《つと》めるよ。どうか、今回だけは乗り切ってくれ」

両手で肩を揉《も》まれ、トウマは小さくうなずいた。

「ぼくが『恋に落ちる』ことはありませんから、ご心配なく」

相手が裏社会に堕《お》ちたアルファであるなら、なおさらだ。秀でた資質を持ちながら、世の中の期待に背を向け、己の享楽のために生きる彼らは許しがたい。

アルファに対するトウマの敵対心を感じ取り、モリスはほんの少し笑った。

「ミハイロフファミリーの裏カジノはマネーロンダリングの巣窟《そうくつ》だ。リストには世界各国のVIPが名を連ねているはずだ。まぁ、暗号だろうがね」

それを解くのは別班の仕事だ。

「トウマ。きみなら必ず、リカルドを口説き落とせる。きみにしかできないことだ。頼んだよ」

信頼を込めたモリスの笑顔に、トウマの胸は人知れず熱くなる。オメガに生まれた男が、期待をかけられることほど得がたいものはない。

特殊技能を身につけたとしても、重用《ちょうよう》されるとは限らないからだ。男の性を持ちながら、女性的生殖機能をも持つオメガへの偏見は根深い。能力を正当に評価してくれる上司に巡り会えたことは、トウマにとって最大の幸運だった。

「お任せください。しばらく、こちらへは足を運びません。連絡はいつものように」

「わかった、そうしよう」

モリスの拳に、とんっと肩口を打たれ、トウマはあごを引き、姿勢を正した。

＊＊＊

再会を二週間後に設定したのは、リカルドを焦《じ》らすためだ。次の約束もせず、あの夜、トウマは消えるように会場を抜け出した。

翌日、モリスの事務所で報告を行い、十日ほど海外へ旅に出た。

オメガであることを察知したリカルドに捜索されるのではないかと考えたからだ。遊び慣れたアルファの中には、オメガをもてあそんでやろうと考える輩が多い。そこまで陰険でなくても、身体の相性ぐらいは試したいと考えるのが、裏社会へ堕ちたアルファのロジックだ。彼らは支配欲求に駆られやすい。

しかし、サンドラに残ったヒューゴによると、誰かを動かしている気配もなく、リカルド自身は相変わらず、会社とパーティー会場の往復を続けているらしい。

うまく興味を引けなかったのかと落胆する一方で、リカルドにはつがいがいるのではないかとも勘繰《かんぐ》った。裏社会に入るアルファは倫理観が欠落している者が多く、つがいを囲いながら、新しいオメガを探し、ベータとアバンチュールを重ねることもある。

もちろん、つがいとなっているオメガにとっては、最大の屈辱と苦悩だ。そうなると、オメガはいっそう妊娠を望み、子どもとの生活に安らぎを求めるようになる。

家庭を守ることがオメガの幸福だと信じて疑わない人種も存在するが、トウマは認めたくなかった。もしも、リカルドが同じようなことをするアルファなら、地獄へ落としてやりたいとすら思う。

くだらない私怨《しえん》だと自嘲《じちょう》して、ジャケットの襟を指先でしごく。

今夜の行き先は街はずれにある高層ビルだ。サンドラの街を見渡しながらのパーティーだから、BGMは流行のR&Bといったところだろう。

前回ほど決めすぎず、サマージャケットにギンガムチェックのシャツ。タイを生真面目に結び、コンパニオンではなく招待客として入り込む。

いくつかの部屋を同時に使用している会場は、どこもかしこも盛況だ。客層が若く、リカルドが楽しむには雰囲気が軽い。それでも、声をかけてきた主催者のために顔ぐらいは出すのが彼の仕事だ。

リカルドはすでに会場入りしていると、ヒューゴから連絡を受けたトウマは、知り合いを探すそぶりでフロアを歩き回った。

ジャケットにはいつも通りの盗聴器が取り付けられ、耳にもGPSのピアスを着けている。組織のエージェントが紛れ込んでいるはずだが、お互いに面識はない。

インテリジェンスのエージェントは基本的につるむことがない。トウマが相棒を持っているのは、大掛かりなスポット任務が多かったからだ。

それほどたいせつに運用されてきたともいえる。

「……いた」

小さくつぶやいて、トウマは足を止めた。

前髪の乱れをさりげなく直して、ボーイからカクテルのグラスを受け取った。

アルファすべてを憎んでいるわけではない。オメガに生まれついたことを恨《うら》み、アルファを羨《うらや》むでもなかった。

ただ、いつか、自分にもつがいができるのかと思うと、たまらなく憂鬱《ゆううつ》になってしまうだけだ。自分の人生は、自分だけのものであって欲しい。誰にも左右されず、誰にも強制されず、もっと大きな存在のために人生を捧げたいと願う。

だから、アルファと対峙《たいじ》するときは、必要以上に気合が入る。バース性の影響で気持ちを乱されたくないからだ。

壁の花を装いながら、トウマは退屈そうな視線を泳がせた。

女に囲まれたリカルドに辿り着く前に、幾人かの男女と視線が合う。どれも無視してかわし、最終的にリカルドを見つめた。

撫《な》であげたブルネットの髪と、黒のサマージャケット。よく見ると、群青《ぐんじょう》がかっていて、清涼感がある。笑顔の合間に見せる真顔も、キリッと凛々《りり》しい。

女たちとの会話に忙しいように見えても、リカルドはパーティー慣れしている男だ。常に周囲へ気を配り、自分が会うべき相手とコンタクトを取る。彼にとってはパーティーも仕事のひとつだ。

会場をさりげなく見渡した視線がトウマを見つけた。確かに目が合ったと思ったが、ふいとそらされる。覚えていないのだろうかと不安を感じたが、焦《あせ》って走り寄るような格好の悪い真似はしない。

数多くのスポット・ハニートラップをこなしてきた。不安も焦りもひっくるめて飲み込み、偽物のため息をひとつこぼして、フロアに背を向けた。

行き先はガラス張りのバルコニーだ。このビルは、サンドラ唯一の高層建築で、三十二階建て。パーティー会場は三十階に位置している。去年はここで花火を見たと思い出し、ガラスに指を押し当てる。

キラキラと光るサンドラの夜景は、民家の多い山の手側がオレンジがかっていて、海岸に近づくごとに色が増えていく。そして、線を引いたように黒く染まる。

そこに海が広がっているのだ。しかし、漆黒《しっこく》ではなく、船の明かりが数えられる。

トウマはこの夜景が好きだった。人々の生活が無秩序に並べられているからだ。そして、自分は闇に沈んだ海に浮かぶ、小さな小舟だと思う。ビルの高層階からでは見えないほどささやかな明かりを灯《とも》している。

「……国へ帰ったのかと思っていたよ」

ふいに声がして、ガラス越しに相手を見る。

ジャケットを着ていても堅苦しくなく、滴るほどの色男ぶりだ。近づかれると空気がびりっと震えた。

「サンドラの学生じゃないだろう？　今夜はパーティーコンパニオンの仕事じゃないんだな」

「あなたはいつ見ても忙しそうですね」

背中を向けたままでうつむき、拗《す》ねた口ぶりで言う。

「フロアを離れてもいいんですか。こんなところでぼくと話していたら、男が趣味だと噂が立ちますよ」

「……物欲しそうに見つめていたのは、きみじゃないか」

気配が近づき、後ろから伸びた両手がガラスにつく。閉じ込められたトウマは前へ出た。

バルコニーの人影はまばらだった。音楽が届かず、装飾もなく、まるで控え室のように味けないからだ。花火が上がらなければ人《ひと》けがない。

「名前も覚えてないんじゃ、ないですか……」

いつも通りに出したはずの声が震えてしまう。

アルファ独特の気配を感じ、身体の芯がざわめいてしまうせいだ。トウマはフェロモンを完全に消していたが、これほど強いアルファ性を持っている男にとって、どう感じられるのかは未知数だった。

「名前か……」

トウマをガラスの壁に追い込んだリカルドは、どこか楽しげに笑い声をこぼした。身体に触れることなく、ぴったりと寄り添っている。声が耳元をかすめた。

「アオイ、ユウリ、サイト……」

思いつく名前を並べ立てられ、思わずため息がこぼれた。

「それって、あなたが情をかけてきた相手ですか？」

「いいや。好みのタイプの男には出会ったことがないよ。きみはどうだ、アンリ」

偽名を呼ばれ、顔を上げた。ガラスに映るリカルドと目が合い、トウマは心の中でだけ悪態をついた。想像通りの、プレイボーイだ。口説きの手管《てくだ》をよく知っている。

待っていればトウマから現れることも予想していたはずだ。その予想を裏切らないために、きっちり二週間ぶりに会いに来た。

「あなたに言われると困ります。リカルド。ぼくはずっと前からあなたを知っていたし……」

知り合うきっかけを探していたとは言葉にしない。恥じらって目を伏せるだけだ。

「それなのに、この前は、どうして急に消えたんだ」

リカルドに問われて、素直なふりで答えた。

「……ふたりきりが、恥ずかしくて」

歯が浮きそうなセリフだと、口にしているトウマ自身が寒気を感じる。これで落ちる男がいるのかと思うが、たいがいの相手は引っかかる。

外見のイメージそのままのしおらしさは、フェロモンコントロールの次に重要な武器だ。

「じゃあ、誘うと迷惑だろうか。壁の花でいるぐらいなら、私と海辺を歩こう。ついておいで」

リカルドの気配が背中から離れたかと思うと、腕を引かれる。優しい仕草だ。

「でも、カクテルが、まだ残って……」

まどろっこしいと言わんばかりに舌打ちでもしてくれたら、とトウマは思った。オメガだと気づいているにしては、リカルドの態度はあまりに紳士的だ。普通のアルファはもっと不遜《ふそん》で居丈高《いたけだか》だから、調子が狂う。

「貸してごらん」

トウマの手から、グラスがひょいと取りあげられる。リカルドはあっという間に中身を飲み干した。

「ほら、これで問題ないだろう」

おどけてグラスを振る。女たちに囲まれているときには見せない表情を向けられ、アンリを装うトウマは思わず笑ってしまった。


パーティー会場のビルを出て、ゆるやかな坂道をくだっていくと海に突き当たる。観光地のエリアとは違い、防波堤はトウマの目の高さまである。

その向こうに砂浜はなく、消波ブロックが積まれているだけだ。

軒を連ねた店舗はどこも閉店していて、明かりも乏《とぼ》しくムードに欠ける。ふたりのほかに通行人もいなかった。ときおり行き過ぎる車は、帰路を急いでいるのか、猛スピードだ。風を切る音だけが残される。

海の匂いを嗅ぎ取ったトウマは、道路側を歩くリカルドを見上げた。

ここに来るまで続けていた、たわいもない世間話が途切れ、どちらも次の話題を探さないまま、時間だけが過ぎていく。

気が焦らないのは、ＢＧＭのような波音のおかげだ。耳を傾けていればいい。

とはいえ、どこまでも歩いていくわけにはいかなかった。

リカルドも同じことを考えたのだろう。足を止め、ジャケットの内ポケットから一枚の紙片を取り出した。

「連絡先だ。退屈な日があったら、電話しておいで」

差し出されたのは名刺だ。携帯電話の番号も記載されている。

「休暇中はサンドラにいるんだろう?」

決めつけるような言葉に、トウマはたじろいだ。一歩あとずさると、リカルドが前に出てくる。指先が頬に触れ、首筋までするりと撫でられた。

トウマがアルファ性に気づいているように、リカルドもオメガ性に気づいているはずだが、まるで態度に出さない。会話に出してくれたなら、つがいがいるのかどうかを探れたが、こちらから話を振る段階ではなかった。

ウブなアンリのふりをしているから、あけすけなことは言えないのだ。

「来週末はどうですか?」

リカルドの手に頬を寄せるようにして目を伏せる。

「この前、服をダメにしてしまったでしょう。ジャケットはとても弁償できないけど、シャツぐらいは……」

「気にすることはない。でも、メゾンでデートも、悪くはないな」

「デート……」

トウマが繰り返すと、リカルドは凜々しい眉を片方だけ跳ねあげた。

ふたりの年齢差は三つだが、学生と実業家の隔たりは大きい。リカルドは社会人で、社長としての風格もある。二十八歳とは思えない落ち着きと雰囲気だ。

「デートじゃないのか」

からかうように言われ、促されながらビルへ戻る。

「デートです」

と、坂道をのぼりながら答えた。トウマの誘いは、コンパニオンとしての営業活動に思われているのだろう。

学費や生活費を稼ごうとサンドラへ集まってくる彼らは、パーティーをハシゴして、より金払いのいい相手を探すのだ。

パーティーの主催者に雇われるより、パトロンを見つけて連れ回される方が、ワンシーズンに高額を稼げる。だから、気になる相手には営業活動《アプローチ》をする。

性的指向と相手の性別が異なっていても、デートしたり、リップサービスを行ったりすれば、遊び慣れたパーティーピープルなら、ベッドインを迫ることなく、遊び相手として連れ回すだけで小遣いをくれるのだ。

そういった文化も、サンドラに人々が集まる要因だ。人と金が循環するおかげで、この街は廃れることなく、にぎやかであり続ける。

しかし、リカルドがパトロン契約について口に出すことはなく、ふたりはあっという間にビルの前へ帰り着いた。

エントランスには数台のタクシーが客待ちをしていて、パーティーを早々と抜け出したカップルを乗せて走り去る。

「私はもうひと仕事だ。……息抜きに付き合ってくれてありがとう」

まだ宵《よい》の口《くち》だが、リカルドは『アンリ』をパーティー会場へ戻らせないつもりだ。

トウマは素直に従って微笑んだ。

「いえ、こちらこそ。お会いできて嬉しかったです」

客待ちのタクシーへ近づくと、リカルドが後部座席のドアを開けた。

「来週末までに会うことはあるかな？」

タクシーのドアを押さえたリカルドに尋ねられ、乗り込もうとしていたトウマは背筋を伸ばした。向き直って、まっすぐに見つめる。

「まだ、来週の予定はもらっていません」

さらりと嘘を言う。リカルドの形のいい眉がわずかに動いた。

「純情そうに見えて、手管があるね」

手が伸びてきて、首筋を引き寄せられる。引いた身体がタクシーに当たり、それ以上はさがれない。ロビーの明かりが視界の端に差し込み、腕を組んで寄り添う男女が見えた。きらびやかに着飾ったパーティーコンパニオンと恰幅《かっぷく》のいい年配の男。

ピックアップされたのか。そもそも、パートナー契約をしているのか。肉体関係が込みなら『愛人』だ。

気を取られたそぶりで、くちびるを許し、トウマはぎゅっと目を閉じた。演技だった。ウブで慣れない青年のふりだ。

ハニートラップで対象者とベッドインしたことはないが、キスや抱擁、どうしても仕方がないときのペッティングぐらいならギリギリ許せる。

前回もあっさりとくちびるを奪われていたので、別れのキスぐらいならと受け入れたが、思いのほか、くちびるは深く重なった。

「ん……ぅ」

リカルドの息づかいが熱っぽく弾み、下くちびるをねっとりと吸いあげられる。

トウマは拳を握り、ふたりの間にねじ込んだ。けれど、押し戻せなかった。タクシーの屋根に両手をついたリカルドが体重をかけてくる。

強引だが、紳士的な態度は変わらなかった。トウマの息を奪うことなく、やんわりとくちびるだけが繰り返し押しつけられる。

「……っ、はっ……ぁ」

思わず、相手のくちびるを食《は》みそうになり、トウマは首を振って逃れた。肉感的な触れ合いに恥ずかしさを覚え、腰の裏がじんわりと熱を帯びる。

揺さぶりをかけられていると、すぐにわかった。だから、絶対にまぶたは開かない。視線を合わせない。

瞳を見つめられたら、強いアルファ性の濃厚なフェロモンを直に感じ取り、トウマは欲情してしまう。

ふたりきりであれば、フェロモンコントロールで対抗できるが、こんな場所では無理だ。とばっちりを食らうのは、タクシーの運転手だろう。

それに、まだ、手の内は見せられない。

「きみはとびきりの美しさだ。個人契約されていないのが不思議なぐらいに」

リカルドの声が頬を辿り、ぎゅっと閉じたまぶたにくちびるが押し当たる。トウマはじっとしているしかなかった。

条件反射で対抗したくなり、ヒートフェロモンが滲んでしまう。けれど、溢れさせることなく、こらえた。

身じろぎもせず、握り締めた両手の拳をリカルドの胸に当てたが、押し返すこともできない。

「まぶたを開けてごらん」

熱っぽく求められたが、トウマは首を振って拒んだ。恐ろしくてできなかった。

触れられた首筋でさえ、アルファの熱を感じて震えている。先ほどまで粟立《あわだ》っていたトウマの肌は、しっとりと汗ばみ、潤《うる》んでいくようだ。

アルファを受け入れるための、オメガ特有の反応だった。訓練や任務中にも経験したが、やはりどの相手よりも強烈だ。

アルファを前にすると、オメガの性的欲求は増幅する。選ばれるために媚《こ》びを売るようで、自尊心の高いトウマには耐えがたい苦痛だった。

リカルドもやはり、トウマがオメガだと悟っているのだ。

ひとつひとつの行動は紳士的だが、ここで攻め手をゆるめるほど優しくはない。

見つめ合うことは、オメガとの相性を確かめるためのマウンティング行為のひとつだ。いくら理知的なアルファであっても逃れられない本能的な性《さが》だが、つがいが決まっているオメガであれば臆《おく》することなく目を合わせられる。

なぜ、相手に相性やつがいの有無が伝わるのかはわからない。科学的な証明がなされておらず、だからこそ『運命』と表現されるのだ。

見つめ合ったそのときに、相手を欲しいと思う。その瞬間、つがいを持たないアルファとオメガの間には運命が生まれる。もちろん、男女のカップルと同じように、相性が悪くてマッチングしないこともある。現に、トウマはアルファを求めたことがない。

これから先もずっとそうだと信じている。

いつまでも目を閉じているわけにもいかず、トウマは表情を隠すように顔を伏せた。視線を逃がしながら、ゆっくりとまぶたを開いていく。

アルファの多くは品行方正で、つがいのオメガとも良好な関係を築く。

その優秀さが歪まないように、幼児期から特別な教育と教養が与えられるからだ。

つまり、リカルドが本当に紳士的なアルファであるなら、マフィアの一員になるはずがない。

モリスの元に情報が届くこともなかっただろう。リカルドは『悪い男』だ。

裏社会へこぼれ落ちたアルファは享楽を愛し、無秩序の中に人生の美学を感じる。つがいを持ちながら別のオメガを愛すことも、そもそもつがいでない相手を貪《むさぼ》るようにもてあそぶこともある。

トウマへ揺さぶりをかけているリカルドも羊の皮をかぶった狼だ。そう思うと、否応なしに緊張を強いられる。無理矢理に踏み込まれる恐怖を押し隠し、アンリを演じてまつげを震わせた。

過剰な反発はしない。それは無意味だ。

冷静に対応すれば、相手がアルファであろうと主導権を渡さない自信がトウマにはある。そうでなければ、この仕事は務まらない。

「……いじめないで、ください」

かよわいふりをしなくても、トウマの声は震えた。

「わかっているんじゃ、ないんですか」

自分がオメガだとは口に出さない。出さなくてもわかるのが、アルファとオメガだ。

「こんなの……、疑われてるみたいだ。個人契約って、愛人の、ことでしょう……」

コンパニオンの個人契約にベッドインが含まれないこともあると知っていながら、トウマは傷ついたそぶりでくちびるを噛む。かよわく無知なふりを装った。

「疑いようがないよ。きみはウブだ」

リカルドの手が、汗で濡れた首筋から離れていく。自分の口元に近づけようとしているのを悟り、トウマはうつむいたまま、リカルドの手首を掴み押さえた。

「イヤだ」

アルファに汗の匂いを嗅がれるなんて、最低だ。性的すぎて耐えられない。

「きみだってわかっているから、近づいたんだろう」

リカルドの手がひるがえり、トウマの指を掴んだ。

アルファはオメガに惹かれる。オメガも、アルファに惹かれる。運命のつがいを求めてさすらうふたつのバース性は、互いの相性を確かめずにはいられない関係だ。

「あなたみたいな人に会うのは初めてで……」

はっきり『アルファ』とは口にしない。アンリの人物設定では、アルファに出会っていたとしても隠してしまって踏み込めないだろう。

オメガの多くは、アルファから見つけ出される。オメガからアルファを探すことはほとんどない。これもまた、アルファとオメガの関係を歪ませる不均衡《ふきんこう》のひとつだといわれている。アルファに免疫のないオメガは、出会い頭のマウントで臆してしまい、よくわからないうちに相手を受け入れてしまうのだ。

オメガはいつも受け身を強いられ、自分から行動する機会が得られない。

「不躾なことをして悪かった。許してくれ」

トウマが震えていることに気づき、リカルドの声が優しくなる。不思議と心が落ち着き、絡んだ指がほどけるのさえ惜《お》しく感じられた。もう少し話していたかったが、促されてタクシーへ乗り込む。

ルームミラー越しに運転手が視線を向けてくる。じっくりと観察される前に、リカルドが運転手へ声をかけた。

「どこでも好きな場所まで送ってやってくれ」

そう言って差し出した紙幣は、サンドラの街を突っ切って山を越えた隣の町まで行ってもおつりが出そうに思えた。

「大事な相手だ。くれぐれもよろしく頼むよ」

そう言って身を引き、リカルドはゆっくりとドアを閉めた。柔らかな音を聞いたトウマは、ようやく視線をリカルドへ向ける。

窓の外で身を屈めた色男は、思いがけず優しい笑みを浮かべていた。指先が揺れて、別れの挨拶に代わり、タクシーが滑り出していく。

トウマは無意識に、自分の手をくちびるに押し当てた。

曲げた指先に、リカルドの匂いが残っている。こんなに甘く濃厚で、尖《とが》りのないアルファの匂いを知らなかった。

くちびるを優しく吸いあげるリカルドのキスが脳裏によみがえり、下半身にじわりと熱がこもる。アンバーの瞳を窓の外へ向け、流れていく景色を追う。

リカルドの瞳は、どんな表情をしていたのだろうか。見つめ返せばよかった。そう思うトウマは、煽られた興奮を必死で抑え続けている。

気をゆるめれば、パチンと弾けてしまいそうだ。身の内で限界まで溢れたものが、ただのフェロモンなのか、ヒートフェロモンなのか、トウマにも判断がつかない。

ヒート以外で、こんなにも強い欲求を感じたことのなかったトウマは、自分がヒートフェロモンをコントロールできていない気がして戸惑った。

「どちらへ向かいましょうか」

タクシーの運転手に問われ、顔を上げる。

その先にあるバーで降ろしてくれるように頼んだ。相手は困惑していたが、リカルドが支払った運賃の差額をもらうつもりはないと告げて納得させる。

降りたトウマは走るタクシーを見送り、バーには入らずにしばらく歩いた。

酔客の行き交う大通りから脇へそれ、海へ向かう。途中で一台の車が横に並んできた。

「そこのべっぴんさん。乗ってかなーい」

ふざけた声をかけてくるのは追いついたヒューゴだ。口周りに生えているヒゲは、けっして、お洒落《しゃれ》ヒゲではない。あくまでも汚らしく、ちくちくと伸びっぱなしの無精ヒゲ。それでさえ、髪の毛以外の体毛が薄いトウマには、当てつけのように感じられる。

今夜のような日は、特にだ。アルファとの接触は、オメガであるトウマの心を揺さぶり、神経を逆撫でする。

「うるさい。……しばらく、歩く」

低い声で威圧して、つんっとあごをそらす。スピードをあげてスタスタ歩くと、ヒューゴが運転する車はさらにスピードを落とした。停まらずに後ろからのろのろとついてくるのが気配でわかる。

ヒューゴに見守られながら、トウマはようやく身体の力を抜く。

リカルドの前で震えたのは、『オメガのアンリ』としてだと自分自身に言い聞かせた。

けれど、肌にまとわりつく熱はなかなか晴れなかった。

【2】

約束した週末までの日々は鬱々《うつうつ》と過ごした。

リゾート地を陽気に輝かせる太陽さえ、今年ばかりは疎《うと》ましい。

いつもと違う長期戦の任務だというだけで気を張るのに、ターゲットがアルファだなんて余計にプレッシャーがかかる。それでも、当日には気を持ち直して出かけた。

仕事は仕事だ。トウマ自身の気持ちは関係がない。

待ち合わせ場所は、海沿いにある公園の噴水だ。親子連れがわんさか集まり、小さな子どもたちが噴水の周りをぐるぐると駆け回っている。

騒がしいが愛らしさもある風景のおかげで、早めに到着しても退屈せずに済んだ。

噴水の真ん中には天使と女神の石像が建てられ、大きな時計が東西南北に向かってそれぞれ設置してある。

ブルーのサマーニットにくるぶし丈のホワイトボトムスを合わせたトウマは、噴水を眺めるベンチに座っていた。木立の影に入っていて居心地がいい。

このままリカルドが現れなかったなら、幸せな気持ちで夕暮れがやってくるのに。そう考えたが、間違いなく気を揉む話だ。任務である以上は予定通りに進んでもらわなければならない。

ため息を飲み込んだ視線の先で、シャボン玉が飛んだ。ひとつ、ふたつ、みっつ。そして無数のプリズムが風に乗って流れ出す。

シャボン玉売りがやってきたのだ。子どもたちに売る前に行うデモンストレーションで、シャボン玉発生装置のハンドルを回す。するとラッパ口から一気にシャボン玉が吹き出される。子どもたちが歓声をあげて飛び跳ね、やがて小分けにされたシャボン玉が売れていく。

あちらでもふわふわ、こちらでふわふわ。夏の光を受けたシャボン膜は七色に光を放ち、空に舞いあがったり、すぐに割れたり、運良く子どもの肩にくっついたりした。

トウマの隣にちょこんと座った小さな子も、苦労しながらシャボンの泡を吹いている。

今日に至るまでの憂鬱な日々を忘れさせるにじゅうぶんな景色を眺め、トウマはほのぼのと頬をほころばせる。さりげなく目に入った時計は、まだ約束の時間の十分前だ。思わず、腰が浮く。久しぶりにシャボン玉を吹きたくなり、ポケットの小銭を探った。

ちょうどよく揃っている。買いに行こうとしたところで、噴水の向こうにリカルドが現れた。目が合うよりも早く手を振られ、あまりの爽やかにあとずさってしまう。

夜の男なのだから、後ろ暗く湿った雰囲気だけをまとっていればいいのに、リカルド・デルセールという男は陽の光にも眩《まぶ》しい。

トウマは真顔になって彼を見た。再会を喜ぶ演技もせず、いささか暗然とする。

ブルネットの髪はソフトに撫であげられ、袖《そで》をまくりあげサンドカラーのサマースーツに、開襟のシャツを着ている。こなれたセンスは憎らしいほどで、視線をすっとそらした。

「待たせたようだね」

長い足を持て余しもせず、リカルドが颯爽《さっそう》と近づいてくる。

「……十分も早いですよ」

シャボン玉を買うための小銭をポケットに戻し、トウマはそっけなく答えた。

「アンリ。きみはいつからいたの」

顔を覗き込まれ、慌てて視線をそらす。出し抜けに目が合うぐらいなら問題は起こらない。けれど、相手がリカルドだと思うと媚びの売り方にも気を使う。

ふっと息を吐くように笑われて、肩へ手が回った。まるで弟に対するようなフレンドリーな仕草も、リカルドの手管だ。緊張をほぐすのがうまい。

「シャボン玉を買おうか」

声をかけられ、ほんの少しだけ体重を預けてみた。

「そんな、子どもっぽい……。いりません」

答えながら、空いっぱいに広がるシャボン玉を見上げた。どれも七色のホログラムのようにきらめいている。

ふたりが兄弟に見えるか、恋人に見えるのかはわからない。

身体的な異性の恋愛と結婚だけが推奨された時代もあったが、もはや過去の遺物どころか、消えた風習レベルの話だ。公園を見渡しても、カップルの組み合わせはさまざまで、異性カップルに交じり、女性同士のカップルが子どもをあやしていたり、男性同士のカップルがキスを交わしていたりしている。

「じゃあ、子どもの国を出て、大人のデートをしよう。……真昼らしいことをね」

わざわざ言い添えて、リカルドはポケットからミラーサングラスを取り出した。レンズ越しなら視線は合わない。サングラスに映る自分の姿に、トウマは肩をすくめた。

緊張感がみなぎった表情は硬く、笑顔どころではないありさまだ。ウブなアンリを装っているからいいものの、別の任務では許されないだろう。

スポット任務なら、こうはならないと、何度も自分に言い聞かせ、肩を抱かれて公園を出る。

これから、彼の行きつけのメゾン・ド・クチュール《オートクチュールの店》で買い物をする約束だ。道路脇のコインパーキングに沿って歩くと、周りに比べて、ひときわ手入れの行き届いた車が目に入る。

高級車のカブリオレだ。すでに幌《ほろ》ははずされていた。

「意外な趣味をしてますね」

リカルドの腕から飛び出し、車を眺め回したトウマは思わず口笛を吹く。世界で五十台ほどしか作られていない名車のレプリカだ。フォルムは昔のままで、エンジンや電子関係は最先端のものが使用されている。

「きみ、免許は？　あるなら運転してもいいよ」

リカルドに言われ、トウマは小さく飛びあがる。ガッツポーズで叫びそうになったが、ピンと背筋を伸ばしただけで飲み込んだ。

「さすがに市街地ではこわいので、遠慮します」

アンリの演技を忘れず、片方の肩と耳を近づけるようにして首を傾げた。

「それじゃあ、あとで海岸線でも走りに行こうか。夕暮れを見よう」

「それは助手席の方が楽しそうですね」

トウマが言うと、

「そうかもしれないね」

行き過ぎる車に注意しながら道路に出たリカルドがドアを開く。トウマが座ると、三点式のシートベルトを引き出した。金具を受け取ろうとしたが、リカルドは軽い動作でトウマに覆い被さり、金具を受け手に差し込んでしまう。

ふっと漂う柑橘の香水を嗅ぎ取り、身を引いていたトウマはさらに顔をそらした。ミラーサングラスをかけたリカルドは、視線の在《あ》り処《か》がわからないのをいいことに、息がかかるほど近くでトウマの顔を眺めている。

サングラスに映る自分を見たトウマの心にさざ波が立つ。リカルドが近づくと、アルファの匂いを感じ取った身体が緊張する。見つめ合いたい情動に揺さぶられ、苛立《いらだ》ちを覚えたトウマはわざと理性のタガをゆるめた。

フェロモンを押さえ込まずに滲ませる。身を引いたリカルドが、ミラーサングラスを指先で下にずらす。見つめられる前に、そっと頰を押しのけた。

「ダメ……」

いじらしいそぶりで、リカルドの肩に頰を寄せる。いっそ近づいた方が、相手の動きを封じることができるからだ。

本能に働きかけるように、トウマはじわじわと揺さぶりをかける。

「困ったな」

と、ひと言つぶやいただけで、リカルドは身体を離した。ドアを閉め、運転席に乗り込む。

キスをされるか、ホテルへ誘われるかと身構えていたトウマは、肩すかしをくらった気分だ。欲情しませんかと聞くわけにもいかず、走り出した車のドアに身を寄せた。ガラスを下ろした窓枠に腕をかけ、風を頰に受ける。

「なにを、困ったんですか」

丘の上のメゾンに到着したとき、トウマは思い切って尋ねた。

「うん？」

パーキングはなく、エントランスに車を停める。まるで見ていたかのように従業員が出てきた。キーを渡したリカルドが車を降り、助手席のドアを開けてくれる。

車を降りた目の前には、白壁のお洒落な邸宅が建っていた。地元では有名なメゾンだ。主にテーラードスーツを扱い、普段着のセレクトショップも兼ねている。

街なかにも店舗を構えているが、店名の看板も出ていない邸宅はＶＩＰ専用のオーダーハウスだ。

初老の従業員が現れ、中へと促される。白髪だが背筋はピンと伸び、仕立てのいいジャケットを着ている。前職が執事だと言われても不思議のない身のこなしだ。

リカルドと初老の従業員は親しげに会話を交わす。トウマは店内をぐるりと見渡した。

広いフロアにはセンスよく既製品が陳列され、天井は吹き抜けだ。両脇に二階へ上がる大きな階段がある。

ほかに客はおらず、センスのいいイージーリスニングが店内を満たしていた。

「彼は友人で、アンリだ。今日はシャツを一枚、見立ててくれるというので連れてきた」

初老の従業員と引き合わされ、トウマはお行儀よく頭を下げた。

「パーティーで赤ワインをこぼしてしまったんです」

そう言うと、リカルドがあとを続けた。

「彼はまだ学生でね。大学院生だ。同じシャツは望んでいないので、部屋で着られるものがいいな」

さりげなく予算枠を伝えられた初老の従業員は、万事を心得ている面持ちでフロアの一角へ案内してくれた。

「このあたりは春秋用の合いものです。いまならプライベートセールで半額でございますので」

そう言いながら、シャツを一枚広げてみせる。トウマが手を出さなくてもいいように、値札もちらりと見せてくれた。正規の値段ならトウマの一ヶ月の食費だ。半額になっても高額に感じたが、ワインをかけたジャケットとシャツの値段を考えると、安すぎるぐらいの弁償代だ。

「支払額については、あとでいくらでも相談できるからね」

リカルドが笑いながらシャツを手に取る。

「ポーカーで勝負するとか、きみが歌を披露するとか。手立てはいくらでもある」

「……ありますか？」

トウマは思わずつんのめった。リカルドの腕がとっさに伸び、傾いだ身体を支えてくれる。

初老の従業員は穏やかに微笑んだ。

「お得意様のお連れさまですから。それは、いかようにも」

「学生なら大化けして、新規の顧客になることもある。アンリ、どの色が似合うと思う」

「服のことはあまりわからなくて」

とっさに従業員を見た。助けを求めると、温和な笑みを浮かべて一枚のシャツを選び出した。

薄い紫色のシャツだ。生地は麻混らしく、染めの色はいかにも手の込んだ発色をしている。

見るからに高級そうで、先ほど見せられたシャツと同じ値段には思えない。

確かめようと手を伸ばした瞬間、従業員はシャツをひらりと広げ、リカルドの胸に合わせた。

「赤ワインで染めてはいませんが、葡萄色《ぶどういろ》です。お詫《わ》びとしては、洒落《しゃれ》ていると思いますが」

「じゃあ、これで」

リカルドがあっさりとうなずいてしまい、トウマは血の気が引いた。

ひとり暮らしの学生生活が長く、金銭感覚は庶民レベルだ。

これまでの報酬も、本国の機関でプールされているから、基本的に金銭的な余裕がない。値札を見ずに買い物する勇気はなかった。

あたふたしそうになるトウマに口を挟ませず、リカルドは初老の従業員に声をかける。

「それはそうと、連絡しておいた件だが」

「ご用意しております。こちらへどうぞ」

初老の従業員が恭《うやうや》しくうなずく。

すっと近づいてきた女性の従業員へ葡萄色のシャツを渡すと、リカルドとトウマを促しながら階段をのぼっていく。

階下からは見えなかったが、生地を収めた棚が、壁一面を覆っていた。

「リカルド。さっきのシャツ。値段を確認したいんですが」

そそっと近づいて耳打ちする。

「きみの言い値でいいんだよ」

そんなことを言われ、トウマは固まった。からかわれているような気がしてならない。その言い値が難しいのだ。トウマは居心地の悪さを感じて、顔をしかめた。

そこへ、新たな従業員がふたり現れる。ひとりはメジャーを持ち、もうひとりはペンとバインダーを持っていた。

「え、ちょっと……」

戸惑っているうちに取り囲まれ、抵抗する暇もなく採寸が始まる。

「リカルドっ……」

助けを求めて声をあげたが、オーダーメイドに慣れきったリッチマンは、出された紅茶をソーサーごと持ち、優雅に微笑んでいるばかりだ。しかし、トウマは見逃さなかった。

リカルドは確かに、トウマの慌てぶりを楽しんでいる。

それが、庶民的な反応へのおかしみなのか、オメガへの侮《あなど》りなのか、判断がつかない。どちらにしても気分のいいものではなかった。しかし、それもまた、富裕層の人間にはよくあることだとあきらめる。

金持ちの道楽に腹を立てていたら、特殊任務のエージェントは務まらない。罠《わな》に誘うときでさえ、相手に合わせて卑屈《ひくつ》な態度を取り、淫売《いんばい》だと罵《ののし》られながら寝室へもつれ込む。

トウマは成り行きに身を任せ、従業員たちが言うままに腕を伸ばし、正面を見つめた。

据えられた移動式の三面鏡には、ソファで悠々とくつろぐリカルドも映っている。長い足を組んだ姿は、メンズ雑誌のグラビアのようだ。

リカルドに重なって映る自分自身を見つめ、トウマは恥じらうように微笑んで目を伏せた。

彼を落とすために、どんな人間を演じるべきなのか、この瞬間も迷った。バース性のこともあり、手探りが続いている。

時間をかけて行うハニートラップは、そのあたりのサジ加減が難しい。ワンスタンドの誘いと違い、酒の勢いで済ませることができないからだ。

気を引きながらかわし、なおかつ飽きさせないように懐へ入り込んでいく。

「お身体とパターンのフィット具合を拝見しますので、こちらにお召し替え願えますか」

初老の従業員に連れられ、生地を収めた棚の真ん中にある空間へ足を踏み入れる。左右にドアがあり、中はフィッティングルームになっていた。片面がガラス張りで、テーブルとソファも置いてある。トウマに指し示されたのは、ラックにかかった既製品のタキシードだ。

「すみません。さっきのシャツ……」

出ていこうとする初老の従業員を引き止める。不安いっぱいの表情を向けると、相手はほのぼのと微笑んだ。

「ご心配なさらなくとも良いと思いますが」

「支払いはします。彼にも約束したんです。それに……これって、誰のための……」

自分のものだとわかっているが、遠回しに聞く。

「あなたの寸法でお作りするんですよ」

初老の従業員はやはり穏やかに微笑んだ。

「つまり、ぼくのタキシードってことですか。……裏口はどこですか」

「おやおや、それほど警戒しなくても……。シニョール・デルセールは紳士ですよ。これぐらいのことは珍しくありません」

「つまり、ぼくのほかにも……ということですよね」

「サンドラの社交界を彩る方ですから、そのときどきにパーティーパートナーをお選びになります。あなたには良い経験になるでしょう。……もしも、それ以上の経験をお望みなら、与えられるものを拒まないことです。金銭というものは、持つ者が出せばいいのですよ。その価値があると、自分に自信を持つことです。……あなたも引く手あまたに見えますがね」

「彼にしか興味がないんです」

トウマははっきりと口にした。彼からそれとなく伝わることを期待しての行動だ。

「……でも、もう決まった人がいるかも……」

「傷つくことを恐れていては、可能性さえ遠のきますよ」

人生経験豊富な雰囲気に励まされ、トウマは物憂くまつげを震わせた。

初めての恋に怯える避暑地の青年。その設定を存分に演じてみせ、力を振り絞るように弱々しい笑みを浮かべた。

「ごめんなさい。なんだか……。この服を着ればいいんですよね。ここのタキシード、憧れだったんです」

ラックの前で従業員に背を向ける。

「迷わず行き着く程度の想いは、たかが知れていますよ。……たとえ、ひと夏の恋だとしても」

落ち着きのある声がかけられる。トウマは振り向かずに耳を傾けた。

「私の知る限り、揃いの生地のタキシードはあなたが初めてです。元気をお出しなさい。せっかくの美貌が台無しになりますから」

どれほどの若者をそうして慰めてきたのか。彼だけが知るフィッティングルームの打ち明け話は少なくないはずだ。

富を持つ者は、その金で愛情をかさ増しする。バカンス中のパートナーに服を贈ることはごく普通の愛情表現だ。

ひとりになったトウマは服を脱ぎ、既製品のタキシードに着替えた。有名メゾンのテーラードだけあって、生地も仕立ても目に見えて素晴らしい。身体にもしっくりと馴染む。

本音を言えば、いつかは袖を通してみたいと思っていた憧れの一枚だ。実際に着てみると、想像以上に胸が高鳴った。既製品なら手に入れたこともあるが、顧客登録が必要なオーダーメイドは難しい。

ここのオーダーメイド・タキシードなら贈られても損はないと、心の中でうそぶきながら、フィッティングルームを出る。

待ち構えていた従業員に褒めそやされ、ご機嫌取りだと話半分に聞いても気分がよかった。自分でも着こなせていると思うからだ。

「きみは、正装がよく似合うね。顔立ちがノーブルだから」

ソファから立ちあがったリカルドが手を叩く。

「自分が上等な人間になった気分です」

深呼吸をして胸を張る。リカルドに向かって、にっこりと笑いかけた。

袖を通したら、俄然《がぜん》、オーダーメイドに対する物欲が湧《わ》いてくる。それが、リカルドのような男の財布から出る金なら、迷うことはない。ありがたくいただくだけだ。

トウマの反応に気を良くしたリカルドも笑顔になる。

「私が作ったタキシードと同じ生地だ。もう一着、別パターンで仕立てようと思っていたが、きみに譲ろう。リネンサテンだ」

テーブルの上に置かれた布地の束を指先で撫でながら言う。

リネンサテンのタキシードは、去年の夏からブームの兆《きざ》しを見せるエレガントカジュアルだ。

トウマが視線を向けると、従業員が布地を広げた。パリッとした固さが涼しげなミッドナイトブルーのリネンだ。

「拝絹《はいけん》と側章《そばしょう》はもちろん施す」

リカルドの言葉に続き、

「おわかりになりますか？」

初老の従業員の優しい声が割り込んだ。学生であるトウマへの気遣いに対し、リカルドが片目を閉じた。

「彼はわかるよ」

小洒落た仕草に、トウマは背筋をピッと伸ばして反応する。気障だと思わなかった自分に驚いたからだ。しかし、おくびにも出さずにうなずいた。

「わかります。襟とボトムス脇のラインですよね」

トウマの答えを聞き、微笑んだリカルドが言う。

「ベストはどうしようか。私はカマーベルトだから、きみはベストを合わせてもいい」

どこかのパーティーへ連れ出す算段なのだろう。まだ誘われていないが、間違いない。

「じゃあ、ベストを。ジレではなく」

トウマは念を押した。顧客になること自体が難しい有名メゾンだ。せっかくなら、後ろ身頃が簡略化されたジレではなく、単独でも着用できるベストが欲しい。

「じゃあ、生地を選ぶといい。好きなものを。……自分の勘でね」

ふっとリカルドの声が沈む。またしても、からかわれているような気分になり、富裕層の遊びほど底意地の悪いものはないと思う。しかも、彼らには悪意がなかったりするのだ。

「ぼくが……選ぶんですか……」

　富裕層に対するやっかみを隠し、アンリを演じる仕草で困ったように眉尻を下げた。ふぅっと小さなため息をつく。

　生地を収めた棚に近づき、ゆっくりと視線を巡らせた。

　リカルドの場合は、悪意のある無邪気さだ。困らせて泣きつかせたいのかもしれない。

　仕掛けられている恋愛ゲームのイニシアチブは、いつでも経験と金がモノを言う。トウマはうろうろと歩き回り、ちらりとリカルドを見た。

　従業員の目も気にせずにトウマの背後へぴったりと寄り添った。手のひらで肘《ひじ》を支えられる。

「……皆さんは、どのぐらいのものを選ばれるんでしょうか」

　ほんのわずかに体重を預け、拗ねた口ぶりでつぶやく。

　自分以外の人間にもいろいろ買い与えているのだろうと嫉妬《しっと》をちらつかせ、見える角度でくちびるを尖らせた。

「意外なことを言うね。そんなことは気にしないと思っていたよ」

「します。人並みに」

　そっけなく言って、リカルドの腕の中で反転した。胸に手を押し当て、腕の向こうへ顔を出す。

「この生地でお願いします」

初老の従業員に向かって声をかけ、ひとつの反物を指差した。

値段は見なくても予想がつく。紛れ込ませているのが粋に思えるほどの、貴重な織りの反物だ。ベストだけを仕立てるにはもったいないないほどの逸品だった。

「これはお目が高い。見つかってしまうとは……」

苦笑を浮かべた従業員がリカルドへ視線を送る。

「だから、彼は『わかる』と言っただろう。余った生地でボトムスをもう一枚、作っておくといい。そうだな。浜辺のパーティーで使えるくるぶし丈のものを」

「それはよろしいですね。では、ベストの生地はこちらと致しまして、ジャケットのラインのご希望をお伺いしましょう」

従業員がにこやかに言い、リカルドのエスコートで鏡の前に戻される。始まったのは、いかにカスタマイズするかの議論だ。

パターンの修正まで行うらしいと悟り、トウマは天井を仰ぎたくなった。高級なプレゼントも、ここまで来ると恐ろしくなる。まだキスしかしていない相手だ。

外堀がどんどん埋められていくようで、恋愛のイニシアチブはいっそうリカルドに傾いてしまう。形勢が不利に思え、トウマの心は塞《ふさ》いだ。

焦りは禁物だと自分に言い聞かせても、アルファであるリカルドには負けたくない。

試着したタキシードを脱ぐためにフィッティングルームへ戻ったトウマは、巻き返せるだろ

うかと考えた。当然、このあとは食事をすることになるだろう。さらにそのあと、口説かれるとしたら厄介だ。

勇気を持って見つめ合うことができるだろうか。もしも、リカルドに運命を感じてしまったら、この任務に失敗するよりも取り返しがつかない。

なにがあっても、恋に落ちなければいいのだとトウマは心で呪文を繰り返す。

脱いだタキシードをソファに置き、自分の服に着替える。鏡に全身を映して髪を整えていると、ドアがノックされた。

どうぞと応えると、リカルドが顔を見せた。

「申し訳ないが、夕方から仕事が入ってしまった」

「……そうですか。じゃあ、ドライブにも行けませんね」

顔を向けても、視線はわずかにそらす。どうして、こんなに怯えてしまうのかと、トウマは苛立ちを覚えた。

いままで出会ったアルファと、リカルドはどこか違っている。

「予約を入れた店に、テイクアウトを頼んだから。友人とでも食べるといい」

気遣いを見せられ、ため息がこぼれる。

「ありがとうございます」

口ではそう言ったが、気持ちは沈む。

「怒っているんだろう」

「いえ……」

そんなつもりはない。トウマは首を振ってあとずさった。

「じゃあ、拗ねてるんだ」

部屋の中へ入ってきたリカルドが近づいてくる。その背後でドアが音もなく閉まった。

「拗ねたりしません。そんな子ども扱いをして。三つしか違わないのに」

「じゃあ、きみも大人だ」

手首を引かれて腕に抱き込まれる。とんっと胸に頬が当たった。

「きみは小さいな」

「あなたが大きいんですよ」

ムッとして答えたトウマのあご下に、指が忍び込んだ。くいっと持ちあげられる。

キスされると身構え、まぶたを伏せた。

「……目を、開いてごらん」

ささやきの甘さに、身体が震える。それをおぞけだと思い込むことに必死になったトウマは、くちびるを引き結ぶ。舌先で舐《な》められて、背筋が震えた。

「なにがこわい？」

リカルドに問いかけられ、トウマは嫌悪を隠した。『アンリ』は、そんなところを見せない。

設定に従うなら、ウブな学生は、ただ運命の恋に怯えているだけだ。そういう気持ち、わかりませんか？」

「あなたに決まった人がいたら、絶望しそうな気がする……。」

リカルドは、アルファ、だから。

口には出さずに匂わせて、トウマは閉じたままのくちびるをリカルドの頬に押し当てた。きれいに剃刀《かみそり》で当たった肌に、尖ったヒゲの感触はない。

「見つめ合えばわかる話だ。それも、すべて」

自分が特別に思う人間はいないと、リカルドは言う。見つめ合っても、つがいのあるなしで落胆することはない。あとはもう、運命を感じるかどうかだけだ。

それを確かめさせてくれと迫りながら、無理を強いることはない。絶対的優位に立ち、恋の駆け引きを愉《たの》しんでいるのだ。

「きみは魅力的だよ、アンリ。タキシードは一週間で作らせる。三日後には本仮縫いの試着だ。来週末のガーデンパーティーへ一緒に行こう」

するりとくちびるが重なり、トウマは目を閉じてのけぞった。パーティーに着ていくのは、揃いの生地で作ったタキシードだ。きっと、話題の的になるだろう。

「ぼくなんか、パートナーにして……」

「周りが羨むだろう」

逃れようとした背中を抱かれ、首筋を引き寄せられる。もう片方の手でくちびるをなぞられ、指先を追うようにキスが這う。

「んっ……」

下くちびるをそっとついばまれ、トウマの身体は熱を帯びる。オメガ特有の甘いフェロモンが滲み出し、腹の底に力を込めた。

溢れ出しそうになるのを抑え、リカルドの首筋に指を返す。

される一方では、抑えが効かない。負けずに踏ん張る気力がなければ、コントロールが難しくなる。手放してしまったら最後だと、恐怖心を持ってキスを仕掛けた。

ぎこちないふりでくちびるを押し当て、肉感を確かめながら舌先を出す。吸いつかれるのはこわかった。感じてしまうことはわかっていたし、事実、立っていられなくなりそうなほどの快感に襲われる。

「ふっ……んっ」

身を屈めたリカルドに腰を支えられ、きゅっと引きあげられて、足のかかとが浮く。

「あっ、あ……んっ」

激しいキスが始まり、トウマの息は乱れた。これぐらいのキスは経験がある。しかし、こんなにも気持ちよく感じたことはなかった。

くちびるへと吹きかかる男の息づかいが艶《なまめ》かしく、他人のくちびるの感触が卑猥《ひわい》だ。性的なことをしている胸騒ぎに囚《とら》われ、喘《あえ》ぐように息を繰り返す。油断すると肌が粟立ち、熱っぽいアルファの匂いに煽られそうになる。

「ん、んっ……ッ」

舌先が忍び込んできて、ぬめった肉片が柔らかくこすれ合う。たまらず両手をリカルドの首に回し、片方の足を床から離した。つま先立ったトウマの身体は、リカルドの腕にしっかりと抱きくるまれる。

ディープなキスだが、乱暴ではなかった。トウマの反応をひとつひとつ確かめるようなリカルドの愛撫《あいぶ》は、滲みこぼれるオメガの蜜《みつ》を味わっているようだ。

押されてばかりでは気分の悪いトウマは、加減しながらフェロモンの抑制をゆるめた。自分の肌が熱を帯び、汗ばむのがわかる。

甘いのか酸っぱいのか、自分の匂いはわからない。けれど、欲情を誘うオメガのフェロモンがフィッティングルームに満ちていく感覚はあった。

一瞬、リカルドが深い息を吐き出す。

彼もまた、経験したことのないプレッシャーを感じているのだろう。甘い蜜が滴り落ちるように、トウマのフェロモンは、リカルドの身体に絡みつく。脳髄《のうずい》を刺激するような快感を得ているはずのリカルドを、薄目を開けて観察する。

くっと引き絞った眉根が凜々しく官能的だ。

捕らえたと思ったのと同時に、トウマもアルファの刺激に囚われた。

くちびるが軽く触れただけで、ずくんと腰裏が疼《うず》き、渦巻くような熱が広がる。下半身があきらかな反応を示し、ボトムスの前が盛りあがってしまう。

リカルドはすぐに気づき、片足の太ももを押し出してくる。股間を押されるのと同時に、相手の熱をも感じさせられた。

「あっ……」

くちびるから逃れ、肩にしがみつく。激しい欲求に晒されたトウマは、自分でも驚くほどおげさにのけぞった。

逞《たくま》しい男の太ももに腰を押しつけたくなり、恥じらいよりも先に戸惑いを覚える。

フェロモンコントロールによって身体が反応することはある。しかし、自分から相手を求め、触って欲しいと思うことはなかった。ヒートのときだけだ。それも、トウマは自制してきた。

腰が疼くような感覚に、トウマは慌ててかぶりを振る。

髪を乱して、これ以上はイヤだとジェスチャーした。

息がはぁはぁと弾み、逃れなければならないはずの相手にしがみついてしまう。リカルドの手が背中へ上がり、腰がようやく離れた。

けれど、身体の位置を変えたトウマはなおも腕へしがみつく。演技は微塵《みじん》もなかった。

トウマが感じているのは、本能的な離れがたさだ。バース性のせいだと自身に言い聞かせて自己を律しながら、釈然としない気持ちが湧きあがってくる。

感情が混濁《こんだく》し、トウマは呆然《ぼうぜん》とした。

「アンリ……」

優しく呼びかけられ、自分が呼ばれていると認識するまでに数秒かかる。

胸の奥がちりっと焦げつき、トウマは濡れたまつげを押しあげた。

その名前で呼ばないで欲しい。

漠然《ばくぜん》と考えた瞬間、身体の奥にたぎりが生まれ、もっと強く抱いて欲しくなる。

けれど、リカルドから視線を返される前に、また目を伏せて逃げた。


その後、トウマはフィッティングルームにひとり残された。しばらくして紅茶を運んできてくれたのはリカルドだ。

ふたりは離れて座り、言葉少なくティータイムを過ごした。

無理に相性を確かめようとしないリカルドはやはり紳士だ。それがたまらなく憎らしい。

駆け引きは圧倒的にリカルド優位だった。

「強引なことをして悪かったね」

お互いの身体でくすぶる興奮がすっかり醒《さ》めた頃、リカルドが言った。トウマはなにも答えずにうつむき、自分の指先をじっと見る。

アンリを演じているつもりだが、果てしなく素の自分だと思う。それでも、ハニートラップの仕掛けは続く。

場の空気感でリカルドの反応を確かめながら、落としどころを探して息を吐いた。

「……ごめんなさい」

擦《す》れていないあどけなさを顔に浮かべ、ほんの少しだけ笑みを見せる。

人慣れしない未成熟なオメガなら、恋の駆け引きに戸惑って当然だ。『アンリ』はパーティーでリカルドに一目惚《ひとめぼ》れした。いくつかのパーティーで見かけて、そのたびに目で追いかけ、こんな男と抱き合ってみたいと憧れを抱く。

そして、あのガーデンパーティーの夜、近づくチャンスを得た。初めてのデートで、先ほどの行為だ。

嬉しさよりも戸惑いが先に立つ。まだ、愛の言葉もささやかれていないから。

「気遣いを忘れたこちらの落ち度だ。……あきれたりしないで、また会ってくれるね？」

リカルドが足元に膝《ひざ》をついていた。

ハッと息を飲んだ瞬間、トウマは相手の顔を見てしまう。ドキッと心臓が跳ね、じわっと肌に熱がこもる。

リカルドは何の反応もみせなかった。そろそろ時間だと促されてメゾンを出る。カブリオレに乗ってレストランへ行き、特別に用意されたテイクアウトの料理を受け取った。

トウマは、友人のビーチハウスに近いという理由で、海沿いの通りで降ろしてもらう。

別れ際のキスはしない。そんな雰囲気にならなかった。

しばらく歩いてからヒューゴを夕食に誘い、流しのタクシーを呼び止める。友人のビーチハウスが近いというのは、家を知られたくないがゆえの嘘だ。

リカルドがその気になれば調べはつく。けれど、自分から教えるのとは意味が違う。

部屋に入るなり、シャワールームへ直行する。

身体についたリカルドの匂いを少しでも早く流し去りたくて、肌を泡だらけにした。熱いシャワーで流したが、いつものようにはさっぱりしない。

肌のあちこちに欲情を呼び起こすような疼きが残っている。

「最低だ」

両手で顔を覆い、トウマは足を踏み鳴らした。交わしたキスの熱さが忘れられず、ひとつひとつが繊細だったリカルドの優しさを思い出す。

見せかけだと、わかっている。悪い男だと、それも悟っている。

ひとつひとつは紳士的な行動でも、やはりリカルドは高慢な裏社会の男だ。

意地が悪く、アルファの存在感でオメガの心を掻き乱す。あの紳士ぶった振る舞いも、オメガを翻弄《ほんろう》している余裕に思え、神経がますます逆撫でされる。

胸にむかつきを覚え、トウマはシャワーを止めた。バスタオルを引っつかんで、顔を拭く。シャワーブースから出ると、トイレを横切り、濡れた身体で洗面台の前に立った。濡れた髪から雫《しずく》が落ち、頬を濡らす。

鏡の中の自分は、いつもと変わらず整った顔をしていた。

美しく生まれたオメガは不幸だ。必ず、アルファに試される。心をもてあそばれ、翻弄されて、どこにも行けないようにされてしまう。

施設にいた頃、職員から、よく脅《おど》された。少し笑っただけで媚びていると注意を受けたほどだ。しかし、キサラギの両親から咎《とが》められることはなかった。容姿について褒められたこともほとんどない。豊かな感性と教養を兼ね備えた夫婦は、いつでもトウマの内面の努力と結果を評価したからだ。

恵まれすぎるほど幸福だったから、施設で受けた注意のことなどすぐに忘れた。

そして、トウマは自然と、社会に役立つ仕事を志すようになったのだ。

行き着いた先がインテリジェンス絡みのハニートラップ担当だったのは、小さな誤算に過ぎない。

極端な選択だが、自分自身と長年付き合ってきたトウマは、不思議に思わない。

人生を誰の手にも委ねたくなくて、アルファのものには絶対になりたくなくて、対抗する手段のひとつとして選んだ仕事だった。

その意味では、施設の職員の忠告はトウマの心に刻まれている。こちらがどんなに純粋であっても、アルファは違う。支配欲と征服欲によってオメガを見定める存在だ。同じ想いはけして望めない。

「しっかりしてくれよ」

鏡の中の自分に語りかける。

リカルドとの関係は仕事の一環だ。彼と恋をして、信頼を勝ち取る。その過程に、つまらないプライドを持ち込んではいけない。

負けたふりをしてでも、ミッションを遂行する。

たとえアルファの魅力に流されたとしても、純潔を失う結果になったとしても、情報を得られたら任務完了だ。結果的にはオメガの勝利だろう。

考えた瞬間、腰回りが鈍く痺れた。

「……っ」

息を詰めて、くちびるを引き結ぶ。

身体は正直だ。あれほどまでに強いアルファ性の男ならいいと言わんばかりに、欲情が募る。

硬くなり始めた下腹の新芽に、トウマはそろりと指を伸ばした。裏筋の根元に押し当て、そっとなぞりあげる。

けだるい息を漏らしながらうつむいた。濡れた髪の雫が、洗面ボールにポタポタと落ちる。

背中を抱いたリカルドの手のひらを思い出す。それから、首筋を引き寄せた指の、骨張った感触。トウマの肌が汗ばんだように、彼も熱を持っていた。

さすられ、握られたなら、どんな感じがするだろう。アルファの肌と、オメガの肌。互いのフェロモンを混じり合わせながら、もつれ合ったなら。

トウマは、ハッと息を飲む。

顔を上げた先に、欲情した自分がいる。琥珀色《こはくいろ》した瞳は潤み、くちびるもだらしなく開いたままだ。触れた欲望に指を絡め、ひと思いに快感を追いたくなる。

根元を握り、先端へと滑らせていく。ぐんと容積が増え、脈を打つ。

浅い息を繰り返しながら、焦ったように動き出す自分の手を、もう片方の手で押しとどめた。くっと息を詰める。

リカルドの息づかいや腕を思い出す自分に嫌悪を感じ、戻ったシャワーブースの中で冷水を出した。壁に両手を当て、たぎりが治まるのをじっと待つ。

身体の表面は冷えていくのに、内側の熱はなかなか冷めやらず、眉をひそめたトウマは細い息を吐き出した。シャワーを湯に切り替えて、意識的に息を整える。

本能に近い興奮は、ヒートに似ていた。月に一度の発情期が近づいている証拠だが、予定よりも早い。

シャワーを止めて水気を拭い、バスタオルを床へ落とす。濡れた床を足で拭く。その一方で、トイレのタンクの蓋《ふた》をはずした。裏に貼り付けてあるビニールの袋を取り出す。

中に入っているのは、ヒートの周期を確認するキットだ。手のひらに収まる小さな筒になっていて、先端に仕込んである針を指先に押し当てて血を出し、反対側に染み込ませる。

筒の小窓に浮かんだ記号で、ヒート前、最中、終了がわかるようになっていた。通常期なら無印のままだ。

周期の安定しているトウマはほとんど使わなかったが、こういうときのために常備してある。

バスケットの中に用意した下着を穿《は》き、判定を確かめようと手を伸ばす。

同時に、携帯電話が鳴り出した。表示されたのは、ヒューゴを示す偽名だ。

『予想は当たったよ、トウマ』

通話ボタンを押して回線を繋ぐと、手短な挨拶に続いてヒューゴが言う。

夕食に誘ったついでに、ひとつ調べ物を頼んでいた。

サンドラの街では夜毎に複数のパーティーが開かれる。その中に、裏カジノの顧客が集まる小さな食事会があると情報を得ていたのだ。もしかしたらリカルドが現れるのではないかと思い、ヒューゴに確認してもらった。

『小さいホームパーティーだ。中へ入るのは見たけど、探りは入れられないな』

別のエージェントを送り込む余地もないのだろう。

『監視はついているはずだから、おおまかな情報は採れると思う』

「明日でいいよ。せっかくの料理だからさ。ワインを買ってきてくれ」

言いながら、トウマは簡易キットの判定を確かめる。表示は『ヒート前』の記号だ。予定よりも早くヒートが近づいている。

『赤でいいのか？』

「冷えた白がいい。赤ならサングリアを調達できる」

アパートメントに住む中年女性のお手製だ。頼めば、陽気に分けてくれる。

『オッケー。で、次はいつの約束なんだ』

「三日後の仮縫い試着」

スーツの件はもう話してある。

『超特急だな。特急料金でもう一着、オーダーできるんじゃないか？　……あの男って、決まったパートナーを同伴しないんだろ。有名な話だ』

「知らないよ。どういうつもりなんだか」

『知らないことはないだろ。おまえがうまくやってるってコトだ。相手に服を贈るときは、男も女も、中身に興味があるんだよ。どんないい食材も、美味《おい》しそうに料理しないと興醒めする』

「調子が狂うんだよな。……速攻で勝負を決めるのが、やっぱり、ぼくに向いてる」

『だっよなー。意外に、気が短くていらっしゃるから』

ヒューゴの陽気さに心が和み、トウマは喉を鳴らして笑った。

「いいから、早く来い。ワインを買ったら、また電話してくれ。テーブルの準備をしておくから」

会話を切りあげ、携帯電話を置く。

新しいタオルで髪を拭きながら、不要な紙袋を取って戻る。キットを入れて小さく折りたたみ、テープでぐるぐる巻きにした。あとは残飯にでもまぜて捨てるだけだ。

もう少しうまくやらなければ、と自分を叱咤《しった》して着替えた。

リカルドはいつも通りにパーティーをこなしているのに、トウマは冷水と温水のシャワーで気持ちを落ち着けなければならないほど動揺している。

また胃の奥が煮えるような気分になったが、まぶたを閉じてやり過ごした。

寝室の窓辺に寄り、上げ下げ窓の向こうを見る。もうすっかり景色は闇の中だ。どこからともなく流れてくる陽気なギターに合わせてトウマはリズムを取った。

軽いステップで心をからっぽにする。


潮風が心地いいサンドラの街は、本格的なサマーバカンスのシーズンを迎えようとしていた。

＊＊＊

三日前と同じ公園で落ち合って、同じカブリオレに乗る。メゾンへ向かい、タキシードの仮縫いを済ませた。

「このあとは、先日のお詫びに、夕食をごちそうさせてくれ。『コヒマル』の席を押さえてある」

車に乗ろうとしていたトウマは、片足を助手席に突っ込んだまま固まった。

「え？　もしかしなくても、ビーチにある……」

サンドラ屈指の人気店であり、同時に超がつくほどの高級店だ。リカルドが利用するのに不思議はないが、予約が取れないことでも有名だから驚いた。

しかし、すぐに合点がいく。

「予約にＶＩＰ枠があるというのは本当ですか」

助手席に座って聞く。

「それでも数日前に声をかけておかないと、当日ではなかなか入れないね」

「なかなか……って」

トウマは、ビーチにせり出すレストランの外観を思い浮かべた。

昼に行けば、きらめく海原が美しい。夕方は暮れかかる空が、そして夜も、波音はムーディに響く。

「そんなところに連れていってもらえるなんて、光栄です。嬉しい」

素直に喜ぶふりをしながら、トウマの本心は真顔だ。

コヒマルでのディナーは正直に嬉しい。おごりならなおさらだ。

しかし、パーティーコンパニオンで小遣い稼ぎするような学生とのディナーに選ぶ店ではない。コヒマルの雰囲気はアダルティかつシックで、ドラマチックな恋人同士のものだ。

口説き落としたい相手への最後の一手になる、と噂されているぐらいのレストランだった。

もしかしてと思い、リカルドを見る。車はすでに午後の光の中を走り出していた。ミラーサングラスをかけた男の横顔はいつも通りに涼やかだ。

ちらっと視線を向けられ、トウマは慌てて前を向いた。膝の上に両手を乗せてうつむき、くちびるを引き結ぶ。

相変わらずリカルドは紳士で、前回の濃厚なキスを忘れたかのようだ。馴れ馴れしく腰を抱いたり、心のうちを探ろうと手を握ったりしてくることもない。

だから、トウマが焦らされる。アンリを演じ、もう一歩、親しくなるための隙を探しているせいだ。リカルドは、そんなアンリの気持ちを察し、駆け引きを楽しんでいる。

もちろん、ハニートラップを仕掛けられているとは思っていないだろう。自分に近づく純情な青年・アンリの本心が、『真心』なのか、『下心』なのか。ディール《配布》されたカードを確かめる程度の好奇心で待ち構えているのだ。

「今夜はシーフードですね」

カブリオレが潮風を切り裂いて進み、トウマは声を張りあげた。屋根がなくても、車の中で風が巻くことはない。風は車体を包むように左右へ分かれて流れる。

「アラカルトを頼んでいるから、きみの好きなものをなんでも頼むといい」

「ふたりでは食べきれないでしょう」

「パーティーのビュッフェだって、毎回、残る」

あっさりと言われ、トウマは笑ってうなずいた。しおらしいのは表向きだけだ、内心では、食べたいだけ食べてやろうと意気込む。

知ってか知らずか、トウマの横顔を盗み見たリカルドが笑う。軽やかで嫌みのない微笑みだ。彼にとっては、ビーチの高級な有名店も、テーブルいっぱいの豪勢な食事も、そのあとで楽しむカクテルも日常の風景だろう。

もしかしたら、それらの体験を学生に与えてやろうというだけの『善意』に過ぎず、深い意味はないのかもしれなかった。そうなると、トウマのミッションには危うい。

前回のキスで純情に振る舞いすぎて、興味が削《そ》がれてしまったとしたら、もう一度、恋愛対象まで戻る必要がある。

一瞬の不安を感じたトウマだったが、すぐに思い直す。

リカルドはアルファだから、オメガをみすみす見逃しはしないはずだ。

互いの匂いを感じながら見つめ合い、そこに運命があるかどうかを確認するまでは、もうしばらく引き延ばせる。その間に、軽いペッティング程度で済む遊び相手としての関係を構築するのだ。

「そんなに緊張しなくても、大丈夫だ。肩肘の張らないビーチハウスレストランだよ」

リカルドの手が伸びて、腕を軽く掴まれた。すぐに離れていく。

視線で追ったトウマは、暮れるにはまだ早い太陽の眩しさに気づく。リカルドの手は大きく、指が長い。心の隅が、また焦れた。


テーブル同士の空間をたっぷりと取ったフロアを抜け、バルコニー席に案内されたトウマは、やはり学生に対する奉仕活動ではないと悟った。

海を真正面に見る一等席だ。丸テーブルを包むように作られた半円のソファは美しい曲線のラタンで、座る場所によっては足がぶつかりそうだが、ちょうどいい距離感でカトラリーが並んでいる。

初めに渡されたアラカルトのメニューは、美しい文字だけが書かれたものだったが、リカルドが頼むと写真付きのメニューが出てきた。

「どの食材でも好きなように調理してもらえるよ」

「また、そんな……」

ほとんどの客がフルコースを頼む店だ。それが一番、リーズナブルに最良のものが食べられる。アラカルトメニューのほとんどが時価の設定で、値段の記載もない。

「固定観念に囚われたら、人生の楽しみは半分になる。私のおすすめは、タコとホタテのカルパッチョかな。ロブスターも悪くない」

「……お任せしていいですか」

おずおずと答えた瞬間、ひょいっと顔を覗き込まれた。ほんの一瞬、視線がぶつかる。

「食べたいものがある、って顔をしてるけれど？」

その通りだ。食べたいものがありすぎて、本当にテーブルいっぱいに料理を並べて欲しくなる。そして、そのほとんどを食べ尽くす自信もあった。

「食べるのが好きなら、遠慮はしないでくれ。酒が好きなら美味しい酒を、食べることが好きなら美味しい食べ物を。なにごともめいっぱいに楽しむことだ」

「いいんですか」

「遠慮しないきみというものを見てみたいな、アンリ」

そう言われて、我慢ができなくなる。

「あなたが言ったんですよ。あきれたりしないでくださいね」

恋愛ゲームではルール違反の前置きをして、トウマは意気込んだ。リカルドが呼んだウェイターに、食べたいものを食べたいようにリクエストする。

あれもこれもと欲張ったトウマに、リカルドは目を丸くした。

「この前のディナーが飛んで、内心は怒っていたんだろう」

笑いを噛み殺した声で言われ、トウマは小首を傾げて返す。

「怒ったりはしません。とっても残念だったけど。……テイクアウトも美味しかったです」

「今週末のパーティーは、あの店がケータリングを出すよ」

「豪華ですね。……リカルドは、パーティーに出るだけが仕事なんですか」

「まさか」

食前酒のシャンパンが届き、繊細に細長いグラスを掲げる。細かな泡が立ちのぼるアルコール越しなら、視線を交わすこともこわくない。

「私の仕事は不動産の転売だからね。顧客との関係はなによりも大事だ。売ってくれる客と、買ってくれる客がね」

「物件をリノベーションするんですよね？」

パーティーの噂で聞きかじったようなそぶりで聞く。

「相手の思うようなリノベーションは難しくないですか？　それとも、そこが腕の見せどころですか？」

「たいせつなのは、提案力だよ。だいたいの客は、おぼろげなイメージしか持っていない。だから、こんな物件を持っていれば、あなたの人生はこんなふうに向上するとプレゼンテーションしていくんだ」

「あなたなら説得力がありそう。……女性のお客さんも多いんでしょう。ぼくをパートナーにしてパーティーに出るなんて、がっかりさせませんか」

「どうして？　きみは完璧だ」

食前酒を飲んでいるうちに陽が傾き始める。テーブルの上にも料理が届き始めた。

「完璧だなんて、買いかぶってます。……あなたをがっかりさせないかな」

話を続けながら、トウマはニッポニア式に両手を合わせた。

「いただきます」

まずは、タコとホタテのレモンバジルソースのカルパッチョだ。上品に少しだけ小皿に載せる。それから口に運ぶ。ひとくち食べただけで、トウマはもうすっかり上機嫌になった。

素材の味を活かしながら、手の込んだ下準備がされている。バジルソースも新鮮で、ハーブの匂いがふわりと心地よく口の中から鼻へと抜けていく。

「んー、美味しい」

目を閉じて、ゆっくりと息を吐いた。もうひとくち、ふたくちと運び、シャンパンを飲む。

至上の幸福を感じながら視線を向けると、テーブルの端に頬杖をついたリカルドと目が合った。恥じらう演技をやめたトウマは、柔らかく微笑んだ。

「こんなに夕暮れがきれいなのに、ぼくを見るんですか」

「……きみの瞳に夕映えが映っているんだ」

甘い眼差しに見つめられ、トウマはふいっと視線をそらした。色気よりも食い気だ。いまムードを出されても困る。

「食べないんですか」

頼んだ食事をひと通り味わうまでは仕事を意識したくないと思いながら、自分を見つめてくるリカルドに聞く。

「運んでくれ」

返事の意味はすぐにわかる。口に料理を運んでくれというのだ。

「私は、きみを見つめることに忙しい」

「ぼくは、食べることに忙しいですけど」

言いながらも、タコをソースに絡めてフォークに乗せた。差し出すと、リカルドがくちびるを開いた。

いやらしいキスをするくちびるだと意識してしまい、トウマの手は震えそうになる。見越した指が伸びて、手首を掴まれた。

「きみの顔を見ながらだと、余計に美味しく感じるよ。とても幸せそうに食べるね」

カルパッチョを食べたリカルドに言われ、トウマは肩をすくめた。

「おごり甲斐があるって言われます。こんなにいいものじゃないですけど」

「その相手も幸せ者だな」

「食欲がありすぎて萎《な》えるって……、あ、外見に、似合わないって、言われます」

うっかり地が出てしまい、言い直した。

リカルドは微笑みを絶やさず、トウマを眺めながらシャンパングラスに口をつける。

次々に料理が届き、テーブルが埋まる。トウマは、どの皿にも夢中になった。

ときどきはリカルドのくちびるに食事を運び、彼ののんびりとした世間話に耳を傾ける。

夕映えがやがて夜に飲み込まれ、海もまた闇に染まっていく。潮騒《しおさい》だけが景色に残り、フロアからアコーディオンの生演奏が聞こえてきた。

「こんなに楽しい食事は初めてだ」

メロディに紛れたリカルドの声を聞き取り、

「ぼくばっかり、食べてますけど？」

トウマは笑って振り向く。すると、リカルドの視線がふいっとそれる。凜々しい頬に浮かんでいる微笑みに翳《かげ》りはなく、いつもどぎまぎと視線をそらす『アンリ』を気遣ったのだとわかった。

じんっと胸に沁《し》みるような優しさを感じ、トウマはほんの少し、リカルドに近づいた。

シャンパンはとうになくなり、冷えた白ワインが新しいグラスの中ほどまでを満たしている。

ボトルは氷いっぱいのクーラーの中だ。

「きみも楽しいといいけれど」

さりげないひと言が寂しげに聞こえ、口説きか本音か、トウマは迷った。

「楽しいですよ」

答えながらも、手は白身魚の塩焼きに伸びてしまう。リカルドが心底楽しそうに笑い出す。

不思議と嫌な気持ちにならず、トウマはちらりとだけ視線を向けて、すぐ魚へ意識を戻した。

「楽しそうでなによりですけど、これ、焼き加減が最高ですよ。中がほっくりしてて。ソイソースが欲しい」

「……あるだろう。頼んであげよう」

「いえ、いいんです。これが店の完成形なら、これで。物足りないわけじゃないから」

「きみは、食い道楽の気があるな」

「あなたは間違いなく、着道楽だ。金を余らせている男の遊び方ですね。女性も同じ手で口説くんですか」

「口説かれている自覚はあったんだな」

「それは、だって……」

あんなキスをされたら、誰でも思うだろう。

「……あれがリカルドの火遊びだったなら、ごめんなさい。ぼくでは、力不足ですね」

「きみは、なにかをこわがっているね。同性が嫌いじゃないだろう」

「ぼくはそうでも、あなたは……。違うでしょう」

「確かに、同性を選んだことはないな」

リカルドのグラスが空になり、ウェイターが近づいてくる。物静かにワインを注ぎ、礼儀正しい一礼で去っていく。

「……自分だけを選んでくれる人を待つのは、間違いですか」

いつの間にか、肩が触れ合うほど近づいていた。トウマも少し酔っている。

「きみが慎重になるのは仕方がない」

オメガだから。

「リカルドは運命を信じているんですか」

「……バース性のことを言っているなら、答えはノーだ」

「現実的なんですね」

アルファだから。

「選ぶ者と、選ばれる者の、違いですね」

「きみだって選べばいい。……私を」

手を握られ、トウマは顔を伏せた。指の間を割って絡むリカルドの指を見下ろす。ごく自然な行動に、嫌悪を感じる暇もない。それ以上に、心地のいい仕草だった。

激しい欲情もなく、肩を寄せ合う暖かさを感じる。陽が暮れて、海風は冷えていた。

トウマは答えず、パンを手に取る。ちぎるためには、もう片方の手が必要だ。動かすと、リカルドの手もついてくる。

「……パンがちぎれない」

「ちぎれるよ。貸してごらん」

そう言って、リカルドはもう片方の手でパンを受け取り、トウマと絡めたままの指を器用に使ってパンをちぎった。かけらが渡される。

「なんて面倒なことをするんですか」

「でも、いいだろう。離れずに済む」

「……」

あきれたとは言わず、アチェートバルサミコを垂らしたオリーブオイルを、渡されたパンにたっぷりと含ませた。自分の口に入れず、リカルドの口へ運ぶ。

「あげます」

くちびるの間に押し込み、次のかけらを受け取った。今度は自分の口に入れる。

「あなたと暮らす人は大変ですね」

「暮らせば、もう少しマシになるだろう」

経験はないと言いたげな口調に、トウマは疑わしげな視線を向けた。問い詰めるのはやめて、肩をすくめる。

リカルドは口説き上手だが、深い恋愛をしてきたようには見えない。欲しいものを思うままに手に入れては捨てていくような、自信に満ち溢れたアルファ特有の傲慢《ごうまん》さもなかった。

出会ってすぐは、トウマもそう感じていたのに、いまは別の想いだ。

「私と暮らしてみる?」

いきなり言われ、トウマは肩を揺らして笑った。

「そんな口説きに乗るほど簡単じゃありません」

「毎日、美味しいものだけを食べていられる」

「ぼくは家庭料理も好きなんです。料理は上手じゃないですけど」

「フラれたな」

笑いながらリカルドが指をほどく。トウマは、とっさに指を握って引き止めた。

相手を見つめそうになって、わずかに視線をはずす。胸の奥をぎゅっと掴まれた気がした。

「デザートの代わりに、フローズンダイキリを飲もう。本場と同じレシピだ」

リカルドがウェイターに向かって手を上げる。

レストランの店名『コヒマル』は、文豪が愛したカリブ海の漁村だ。その文豪が好んだカクテルがフローズンダイキリだった。

ウェイターが近づいてくるのが見え、そのわずかな瞬間にくちびるが奪われる。まるで風が吹いたようなキスだ。

かすめて過ぎた人肌を、握り締めた指と同じように引き止めたくなる。

しかし、できなかった。

フローズンダイキリを注文するリカルドの横顔を、責めるように鋭く睨みつけたのも一瞬のことだ。すぐにほだされ、まつげを伏せる。

ふっと滲み出ていくフェロモンを、トウマはそのままにした。

熱く火照る肌が、夜の潮風に撫でられる。リカルドの指がまた、トウマの指の間を割って絡む。

その瞬間、お互いが、相手のくちびるを思い出している。

トウマは、浜辺で鳴く磯鷸《いそしぎ》の声を潮騒の中に聞いた気がした。


ホワイトラムにライム果汁、マラスキーノを垂らして、グレープフルーツを足し、クラッシュドアイスをミキサーで撹拌《かくはん》する。それがフローズンダイキリだ。

砕け落ちる波の色をしたカクテルを飲み干せば『今夜』を約束したことになる。

それが『コヒマル』の裏ルールだとリカルドは笑った。

カクテルを飲んだ恋人同士は抱き合い、シーツの波間に横たわる。色っぽい駆け引きの中身を明かしてしまうリカルドは、今夜もまだ『アンリ』を連れて帰る気がないのだろう。気の長い男だ。

ビーチを散歩しながら、トウマは笑い声をこぼした。

お互いに酔っていて、相手の小さな言動を気にかけることはない。リカルドの腕はトウマの肩を抱き、トウマの腕はリカルドの脇腹に回っている。

ふたりはただ酔った身体を押しつけ合っているだけだ。色っぽい雰囲気はない。

リカルドがふいに、陽気なステップを踏んだ。軽やかに砂を跳ねあげる。

子どもっぽいほどの上機嫌だが、それも魅力的に思わせる男だ。なにか特別な関係になったような気がして、トウマは奥歯を噛む。理性的であろうとすると、頭の芯がぐらぐらと揺れてくる。

「きみも、踊れるだろう」

「ラテンは……」

言葉を濁すと、向かい合わせになったリカルドに両腕を掴まれた。右足を踏み出され、慌てて引く。今度は、リカルドが身体を引き、同時に片側の腕を引っ張られる。

促されるままに足を出すと、今度は逆側だ。押されて引かれ、踏み出して引く。

リカルドがカウントを取り、簡単なステップを繰り返す。よほど踊り込んでいるのだろう。

完璧なリードに促され、トウマは前後左右にステップを繰り返し、リカルドのカウントが鼻歌になる頃にはくるくると回転までさせられた。

トウマが笑い出し、リカルドも笑う。何度も同じステップを繰り返し、最後はトウマの足がもつれた。

リカルドの腕に抱き留められ、

「捕まえた」

耳元でささやかれる。せつなさを覚えたトウマは、ぶつかった姿勢で背の高いリカルドの肩へ頬を押し当てた。動かないでいると、背中に腕が回る。

「アンリ……。きみ、ヒートが近いのか」

トウマの髪を片耳にかけ直し、リカルドの手があごの下に入った。

顔を上げるように促され、目を伏せたままで従った。

レストランのイルミネーションは遠いが、ビーチ沿いの街灯がほのかに届いている。

暗い海に月明かりが差し、波が静かにきらめく。トウマは抑えていたものを解放し、黙ってリカルドを見つめた。

ふたりの視線が正面からぶつかり、絡み合うように互いの瞳を探る。

崩れ落ちそうになったトウマの身体は、リカルドに強く引き寄せられた。

「薬を飲んでいないのか」

ダンスのステップとは比べものにならない強引さで踏み込まれ、トウマはあとずさった。なかば、抱きあげられるように運ばれ、防波堤の出っ張りの陰へ押し込まれる。

　リカルドの両手が頬を挟み、マジマジと見つめられた。

　確かにヒートだ。おそらく、食事をしている間に始まってしまった。けれど、抑制薬を飲んでいるから、本来なら発情は始まらない。リカルドが感じているのは、ヒートの匂いではなく、トウマのフェロモンの匂いだ。コントロールがゆるみ、溢れ出した熱に煽られている。

「……もっと、知ってからでないと」

　甘えるように言って、リカルドの手を掴んだ。自分の頬にいっそう押し当て、すがるように見上げる。

「あなたが……」

　瞳を見た瞬間、トウマのくちびるは震えた。酒で酔えば、真実を見なくていいのではないかと思ったのに、そんなことはかけらもない。

　高まる感情の中で見つめ合えば、わかってしまう。アルファとオメガ。そして、引き合う定めだ。

　トウマは呆然とした。初めての感情は深く胸に沁みて、衝動に駆られることすらない。

　しかし、アルファであるリカルドは逆だった。トウマのフェロモンに煽られ、噛みつくようにくちびるを重ねてくる。いままでの紳士的なキスが嘘のように、動物的に貪られた。

「んっ、ん……」

　身体が急激に熱くなり、喘ぐように息を吸い込む。それさえ奪おうとするリカルドの手が、引き止めるトウマの指から逃げた。ふたりの間にねじ込まれ、股間に押し当たる。

「もう硬い」

「……だめ……」

　トウマは弱く訴えた。眼差しに力を入れようとしてもうまくいかず、蕩《とろ》けるように身体から力が抜けていく。くちびるに感じるキスが、トウマのコントロール能力を奪う。

　その間にも、リカルドの指は動き、トウマの分身を布地から解放した。芯を持った肉が揉みしだかれる。

「……んっ、……あ、ぁ……」

　男の指は骨張っていて、じんわりと汗が滲んでいる。そこへ、トウマの先走りが混じり合う。

「あっ……ん」

　リカルドの愛撫は強引だが、繊細でもある。くちびるがまた重なり、トウマは震えながら、男の肩の向こうを見た。視界は涙で滲み、空に輝く星もぼやけてわからない。

　自分が泣いていると気づき、洟《はな》をすすりあげた。

「……リカルド。いや……だ。こんな、こと……」

「どうして。きみも望んでいるはずだ」

　同意を求めようとするリカルドに対して、トウマは首を振った。なけなしの理性を振り絞り、あちこち跳ね回って逃げようとするコントロール能力を引き戻す。

浅く息を繰り返しながら、リカルドの首筋に掴まった。両手を這わせて、まっすぐに見つめる。

「あなた……、マフィアだって……」

それだけを言って、視線をそらした。

心臓が早鐘を打ち、トウマはなにもかもを投げ出したくなる。仕事のことなど忘れて、衝動のままに飛びつきたかった。

抗《あらが》いがたい本能に揺さぶられたが、エージェントとしての矜持《きょうじ》がトウマを思いとどまらせる。

しかし、まるで薄氷の上を歩くような危うさだ。

出会ったことのないほど強烈なアルファ性を前に、気丈に振る舞おうと試みるたび、心は脆《もろ》くなる。

トウマは『運命』を感じたのだ。生まれて初めてのことだが、間違いない。

文献を読み、人から聞いた、そのままの感覚だった。

「……そう、なの？」

頼りない視線を向け、マフィアなのかと問いかける。

「きみの心配することじゃない……」

そう言ったリカルドの手は淫《みだ》らに動く。

「……ミハイロフファミリーは手荒いことをしない組織だ。私はそれなりの地位にいる」

「幹部……？」

怯えたそぶりで口にするトウマの問いに、リカルドは「そうだ」とうなずいた。

「リカルド。ぼくは……、好きになって、いい、の……」

愛撫に震えたトウマは、『アンリ』の口調で問う。喘ぎがかすれ、リカルドに握られた昂《たか》ぶりは暴発寸前だ。

しおらしさが『アンリ』としての演技なのか、トウマとしての本気なのか。自分でもわからない。

目の前に突きつけられた現実を否定しながら、身体に与えられる快感に身悶《みもだ》え、リカルドの気持ちを知りたくなる。この感覚が『運命』ならば、リカルドも感じているはずだ。

リカルドの手に根元からしごかれ、高まる快感に翻弄されたトウマは奥歯を噛む。

「ぁ……んっ、ん」

運命のつがいなんて求めていない。

誰かの愛にすがっていくほど弱くはないはずだ。

そう思ってきたのに、リカルドを前にしたトウマの心は激しく乱れる。

溢れた涙を、リカルドのくちびるで吸いあげられた。

「ゆっくり、おいで」

優しく諭《さと》され、トウマは背中を反らすように伸びあがる。リカルドの手が悩ましく動く。二本の指の間に挟んで段差をしごかれながら、親指に先端をいじられる。

こんなにいやらしい手淫は受けたことがなく、トウマは快感に促され、何度も背を反らした。甘だるい息づかいを繰り返し、片手でリカルドを押し返す。くちびるを噛んで顔を背けた。あっけないほど簡単に、欲望が極まる。

「……っ、も……」

かぶりを振ると、逆手を滑らせていたリカルドがハンカチーフをあてがった。のけぞったトウマの息が引きつれ、身体が緊張を強める。

「ん、く……ぁ……」

ひとりでするのとはまるで違う快感だ。もどかしさの中に、艶かしい刺激がある。

「はッ。ぁ……ッ」

精を吐き出したトウマはぶるっと震えた。

けだるい呼吸を繰り返す喉元に火照った息づかいを感じ、リカルドを押し返す。

「……っ」

声にならない。けれど、相手の動きは止まる。

「大丈夫だよ、アンリ。繋がっていないと、噛んだところでつがいにはならない」

リカルドは沈んだ声で言う。煽られてしまった自分を恥じているように聞こえ、驚いたトウマは目を見開く。

けれど、リカルドの興奮は本物だ。息は浅く乱れ、涼しげな目が欲情に潤んでいる。コントロールを失ったトウマのフェロモンをぶつけられ、オーバーヒートを起こしていないことは驚異的だ。衝動をこらえていることが信じられない。

「アンリ、手を貸してくれないか」

甘くねだられ、トウマの指先はピクリと動く。けれど、その気は削がれた。自分はいま、トウマでなく『アンリ』なのだと思い知らされたからだ。ほかの男の名前を呼ばれて、貸してやる指はない。

恥じらい怯えるふりで身体を離し、あたふたと身繕いをする。

「……ひどいな」

言葉ほど思ってはいない声だ。優しく咎める声にトウマは背を向けた。

リカルドは浅い息を繰り返しながら、トウマを背中から抱く。逃がしたくないのだろう。

首筋に鼻先をすり寄せながら深い呼吸をして、突然、ふふっと笑った。

「いい性格をしてるよ、きみは」

腰を押し当てもしないリカルドは、そのまま自分の熱が引くのを待つ気でいる。

そんなことができるのだろうかと、トウマは真剣に心配した。けれど、手伝ってやるつもりはない。そんなことをしたら、お互いに止まれなくなるだろう。

引き合う強さに大小の差があったとしても、『運命』を感じているのならば、快感を与え合うためだけのふたりではない。

そうであってくれと、トウマは願った。

願ってはいけないとわかっているのに、祈ってしまう。

リカルドがマフィアの幹部なら、どんなに好きになっても、一緒にはなれない。

つがいになるなんて絶対に無理だ。

頭ではわかっている。けれど、すべてが遠く、理性も危うく繋がった細い糸でしかない。

こんなふうに、運命の相手と巡り会うなんて、考えたこともなかった。いつも、それは、遠い未来のことで、できるなら、一生涯、ありえないままであって欲しかった。

うつむいたトウマの瞳から、涙がひと雫溢れて落ちる。

アルファのものには絶対にならない。そう決めて生きてきた。

けれどいま、心は相反することを願っている。アルファ性を前に抗えない、オメガの性《さが》だと思う。

そして、トウマは、オメガの現実に深く落胆した。

＊＊＊

陽気なラテンのリズムも消えるほど大きな笑い声の応酬を掻き分け、トウマは奥へと進む。

混み合った店は、地元客とバカンス客でにぎわうスタンドバーだ。

途中でカウンターに立ち寄ってビールを買う。そしてまた、酔客の間をすり抜ける。

ウィンクを飛ばしてくる客は軒並み無視をして、サマージャケットを着たモリスが待つハイテーブルへ近づく。

トウマに気がつくと、話し相手の女性に別れを告げてテーブルを離れる。ふたりはそれぞれ、見知らぬ人間同士のふりで暗がりのテーブルへ移った。

「うまくやっているようだな」

耳元にささやかれ、トウマはビールのグラスに口をつけた。視線の先にいる見知らぬ男が、いまいましげにモリスを見ている。隙あらばトウマを口説こうと思っていたのだろう。

「週末のパーティーにはイーゴリの側近が参加する」

周りの羨望《せんぼう》に気づいているモリスが悪乗りして、いっそうくちびるを近づけてくる。息が耳に当たり、トウマはきゅっと肩をすぼめた。

イーゴリ・ミハイロフ。ミハイロフファミリーのドンだ。その側近が動くときは、犯罪の匂いも一緒に動く。サンドラの治安を守る機関では、有名な話だ。

組織ごとに『お約束』の動きがあり、現地の警察はわかっていて見逃す。マフィアのドンは地元の名士であることも多いからだ。

ニッポニアの経済特区となる以前から、サンドラの経済を回し、治安を守ってきたのは、各ファミリーだ。

もちろん彼らの勢力争いで治安が乱れることもある。

ミハイロフファミリーを発足した二年前も、殺人が絡む抗争が起こり、あらかじめ用意されたかのようなチンピラが犯人とされた。そして、争いは跡形もなく落ち着いたのだ。

イーゴリ・ミハイロフは、三つのファミリーを統合し、ボスとなった。

「彼と接触する可能性がある。よく見ておいてくれ」

モリスが『彼』と呼んだのは、リカルドのことだ。

「目的の行動があったら、どうしますか」

世間話でもしているように笑いながら聞く。その場で裏カジノの顧客リスト、もしくはデータとおぼしき電子媒体がやり取りされた場合の話だ。

「現場の判断に任せる。……早く、終わらせたいか？」

顔を覗き込まれ、トウマは身を引いた。抑制薬を飲んでいてもヒートの最中だ。相手がベータであっても、パーソナルスペースを侵《おか》されたくない。

そして、昨晩のやり取りが尾を引いているのも一因だ。

帰ってから自慰に耽《ふけ》り、昼過ぎに目覚めてからも手が伸びた。もう一滴も出ないと思えるほど絞り出したのに、常に欲情が身を潜めている。いま、この瞬間もだ。

「あの男は、やはりアルファだったのか」

苦渋に満ちたモリスの声がテーブルにこぼれていく。トウマはそれを手で追い、押さえてみたい気持ちになる。

「そうですね」

端的に答え、喉を鳴らしてビールを飲んだ。屈したとは思われたくない。

「問題はありません」

「抑制薬はちゃんと効いているんだろうね」

モリスの優しさに気づき、肩の力が抜ける。力不足を懸念され、任務からはずされはしないかと、気が気ではなかったのだ。

気づいたモリスが小さく笑い声をこぼした。

「まさか、きみをはずしたりはしない。……できないと言うなら、別だが」

「できます」

間髪入れずに答え、ビールのグラスをテーブルに置く。

「時間をかけたことがないので、勝手がわからないだけです」

周りに聞こえないように声を潜め、

「申し訳ありません」

と付け加える。

「なんの問題もない」

モリスが笑いながら肩を叩いてきた。

「すでに『別の子』が玉砕していると言っただろう。わたしの手札はもうきみだけだ」

「ぼくはジャックですか、それともキング、とか？」

「きみは、エースだ」

おかしそうに眉尻を下げ、モリスはさりげなく周囲に目を配る。

「だから、やりにくいのならば、さがってもらってかまわない。きみの得意分野ではないだろう」

店内を一巡りして戻ってきた視線には、いままで幾度となく感じてきた信頼の色がある。

トウマは、あごを引いた。背筋を伸ばす。

「ご心配なく」

微笑んで答えると、モリスの右手が顔に近づく。軽く握った手の甲で、右の頬を撫でられる。

周囲の目を欺くため、口説いているふりを続けているのだ。

「期待しているんだよ」

モリスの声が湿りけを帯びて聞こえ、トウマはかすかな違和感を覚える。

アルファに気持ちを乱された自分の不調を自覚して、苦々しく目を伏せた。

【3】


「俺とこんなところにいるとわかったら、どんな顔をするだろうな」

トイレの個室の中で、壁に追い込まれたトウマは表情を歪めた。

「誰が」

跳ねた髪が肌に触れるのを避け、あごをのけぞらせながら低い声で答える。

「そりゃ、もちろん。リカルド・デルセールだ」

顔を上げたヒューゴがニヤリと笑う。トレードマークの無精ヒゲはきれいに剃《そ》られている。

「こんな一張羅を贈るんだから、本気だ」

「なにが本気……」

強い口調で言い返せず、トウマは短く息を吐いた。

リカルドの狙いは肉体関係だ。

紳士に見えても、冷静な策略家だから、内心では、『運命』のオメガであるトウマを思い通りにしようと、蟻地獄《ありじごく》のような罠を仕掛けて待ち構えているに違いない。

「相手はさ、脱がしたくてたまらないのを我慢してるよな。……完了」

盗聴器を襟の裏に付けていたヒューゴがようやく身を引いた。

「おまえがＥＭＧを宣言すれば、すぐに助けに行く。宣言がなければ、行かない。わかってるよな？」

「わかってるよ」

いまさらの確認だ。

「……無理はするなよ。これ、睡眠薬」

念を押された上で、包み紙の両脇がねじってあるキャンディを渡される。中には睡眠薬が仕込んである。

「言われた通りに、強めにしてもらったけど。うっかりしたら、おまえにも速行、効くんだからな」

手短なメールで手配を頼んだのはトウマだ。しかし作戦の詳細は話していない。ヒューゴは不満げに表情を歪めた。

「こっちの独断じゃ踏み込めないんだぞ。そこんとこ……」

「わかってるに決まってるだろう。新人でもあるまいし」

フェロモンコントロールの特殊技能をほかのエージェントに隠すため、いつものスポット任務でも睡眠薬使用のふりをしている。しかし、睡眠薬はターゲットに気づかれやすく、常に警戒されている悪手だ。

「なんだよ。相棒の純粋な心配を無下にしないでくれ」

ヒューゴが拗ねたことを言い出し、

「この段階で言ってくるから、うっとうしいんだ」

トウマはすげなく答えた。

今夜、リカルドがボスの側近と接触し、リストなどを受け取った場合、トウマは彼の自宅まで
ついていくつもりでいた。

次の機会を待つなんて悠長なことは言っていられない。

本音はもうこれ以上、デートを重ねたくないからだ。事情を知らないヒューゴには、早急な
行動に見えるだろう。しかし、オメガであると明かせば、もっと心配させることになる。

「盗聴器はシャツの襟に仕込んだからな。あんまり服から離れるなよ」

ヒューゴのなにげないひと言が胸に突き刺さり、八つ当たりのように睨んでしまう。

「冗談だ。おまえがミスをしないことは、俺がよく知ってる。身持ちが堅いのも」

両眉を跳ねあげたヒューゴは、ふざけた表情をしながら両手を上げてあとずさる。

「それにしたってよく似合う。揃いのタキシードってだけでも目立つのに、生地までお揃いの
リネンなんてなぁ。目の保養だって、マダムが軒並み、むせび泣いてたぞ」

「見てきたみたいに言うな」

「へーへー。すみません。……トウマ。イーゴリが登場だ」

ヒューゴの視線が鋭くなる。髪に隠して装着した通信機で、なにやら受信したらしい。

パーティーには偵察専門のエージェントが紛れている。

「まさか」

トウマは驚いた。ボスの登場はビッグサプライズだ。

「ここからは別行動な」

ヒューゴの動きは素早い。今夜は彼もパーティーへ潜入し、リカルドの動きを盗撮することになっていた。珍しくヒゲを剃っているヒューゴがトイレの個室から出て、ほかに誰もいないのを確認する。

先を促されたトウマは、パーティー会場になっているビーチハウスのテラスへ出た。

目の前に広がる海は夜闇に沈み、月の光が海原遠くに映る。そして砂浜は、ビーチハウスの明かりに浮かびあがっていた。

人の陰にひっそりと隠れたトウマは、あたりを見渡してリカルドを探す。

パーティーの人気者は、すぐに見つけることができる。同伴のトウマがいなくなると、どこからともなく取り巻きが現れるからだ。

トウマと揃いのリネンのタキシードを着たリカルドは、生地のカジュアルさを忘れさせるほどラグジュアリーに見える。

同じ生地を使っていても、身体の厚みが違えば雰囲気も変わる。絞りの位置や丈の長さが違い、それぞれの身体のラインがいっそう美しく見えるように作られていた。

けして、服に着られるような仕立てはしない。それが一流のテーラードだ。

それなりの人間を立派に飾り立て、元のいい人間はよりいっそう際立つ。リカルドはもちろん後者だった。

胸の奥がぎゅっと苦しくなり、見つめているのが嫌になる。けれど、仕事だと割りきって、広いテラスを横切る。

周囲の視線が集まるのを感じたが、気づいていないふりでリカルドに近づく。

揃いのリネンに、揃いのデザイン。トゥマのパターンは腰の絞りを強調していたが、リカルドのパターンは胸の厚さを強調している。どこからともなく、女のため息が聞こえ、リカルドの袖を引いた。背後に身を隠すようにすると、背中に手が回る。押し出され、

「目立ってませんか。……いたたまれない」

トウマは弱りきった声で訴えた。

「私はいつもよりもずっと楽しいよ。きみのような人を連れていると」

甘い声が耳元にささやかれ、周囲から黄色い悲鳴が聞こえる。

「近づかないで。誤解されますよ」

「いけない？」

リカルドの目がいたずらっぽく輝く。

「あなたのために、言ってるんです」

「そうか……」

さりげなく顔を覗き込まれ、トウマは両肩をすくめた。リカルドの瞳は鳶色《とびいろ》だ。明るく陽気に見えたかと思うと、次の瞬間には理知的な深みを見せる。

取り込まれそうになり、慌てて視線をそらした。

その先に、固太り体型のイーゴリ・ミハイロフの姿を捉え、トウマはまつげをパチパチと上下させた。別のパーティーで何度か見たことがある。見間違いでも、人違いでもない。

トウマの反応に気づいたリカルドが視線を向けると、相手もこちらに気づく。リカルドを探していたのだろう。しかし、目配せだけを寄越しただけで、イーゴリは呼び止めてきたゲストと会話を始めた。

大きな身体とはげあがった頭。いかにも男性ホルモンが強そうな壮年の男だ。

所属していたファミリーのボスが死去した際、後継者に対して遺言を都合良く解釈するように仕向けたのは彼だ。結果、三つのファミリーが抗争状態に陥り、弱体化した。その混沌《こんとん》の中で縄張りを奪い、ミハイロフファミリーが誕生した。

「……あの人、って」

隣に立つリカルドをちらりと見上げる。

リカルドがミハイロフファミリーの幹部なら、イーゴリはボスであり、父権によって子分を従わせるファーザーだ。

「おいで」

トウマの視界を遮《さえぎ》ったリカルドに肩を押され、イーゴリに背を向けた。テラスの端へと促され、素直に従って移動する。

海風が吹き込む場所は、パーティーが盛りあがって、熱を冷ましたくなるまで人《ひと》けのないエリアだ。

「なにか飲み物を取ってこよう。なにが飲みたい？」

オーダーを聞かれ、トウマは小首を傾げた。

「お任せします」

柔らかく撫であげただけの髪が、ひと房崩れる。

「そう……。じゃあ、おとなしく待っていてくれ。誰にも誘われてはダメだよ」

会場に背を向けるように立たされ、油断した隙を狙ったキスが頬に押し当たる。恥ずかしくなるほどチュッと音を立てて吸われ、トウマはびくっと肩をすくめた。

振り返ったときには逃げられている。リカルドの姿は、パーティー客の中へ紛れていった。

ふたたびフロアへ背を向けたトウマは、自分の頬に指先で触れる。冷たい海風が心地よく感じるほど、身体が火照っていた。

ぐっとくちびるを噛み、襟に仕込まれている盗聴器の存在を思い出す。テラスを囲んだ木製の手すりを強く握り締める。

「離れた。……あとを追う」

口元を手のひらで覆いながら、マイクに音を拾わせる。それから、フロアへ向き直った。

リカルドの姿を追わず、イーゴリを探す。ふたりきりになることはないと予想しての行動だ。秘密裏に顔を合わせることは簡単なふたりが、わざわざ中規模のパーティーで顔を合わせるのは、人目を必要としているからだ。

若くして成功したリカルドを、イーゴリは正式な幹部として公表するつもりがないのだろう。彼の会社を資金の洗浄と隠蔽《いんぺい》の本拠地としている可能性が高い。

けれど、互いにコネクションのあることは誇示《こじ》しておく必要がある。リカルドに取り入ろうとする組織や害をなそうとする組織、その両方への牽制《けんせい》を兼ねているのだ。

フロアを横切る途中でヒューゴと鉢合わせになったが、素知らぬふりで行き違った。

そして、偶然出会ったかのように挨拶を交わしているイーゴリとリカルドを見つける。ふたりの向こうの人垣に、ぐるりとフロアを回って移動したヒューゴの髪が見えた。

トウマは柱の陰からやり取りをうかがう。

バーカウンターへ向かう途中で呼び止められたリカルドは両手が空いている。イーゴリに握手を求められ、にこやかに応えた。

やり取りはたったそれだけだ。他人行儀に離れたふたりは、背を向けたのと同時に真顔に戻る。トウマは動かずに、リカルドを目で追った。握手をした手を拭うように、リカルドは胸のチーフを撫でる。マフィアのボスに辟易《へきえき》しているように見えたが、トウマには確信があった。

間違いない。

ふたりが握手をする瞬間、受け渡しは行われた。ふたりが人目のある場所でデータをやり取りするのは余計な詮索《せんさく》を避けるためだ。わざわざ呼び出してやり取りすれば、内情を探ろうとする人間に察知されてしまう。

リカルドを追いかけ、トウマはバーカウンターへ近づいた。

カクテルのオーダーを出した彼に、流れるようなオーガンジーのドレスを着た美女が声をかける。

トウマはぴたりと足を止めた。こちらが先客だとわかっていたはずだが、女は視線も向けずに視界へ割り込んできたのだ。

「お揃いの服を着せているのは、新しいペットね。どなたに差しあげるの？」

リカルドの肩に指を添えた女が、肩越しの視線をトウマに投げてくる。値踏みする視線にはあきらかな嫉妬があった。

「人聞きが悪い」

思いのほか、リカルドの声は鋭い。女は臆することなく、指先を艶かしく首筋に這わせた。

ぞくっとするほど妖艶だ。

しかし、リカルドはむしり取るようにしてはずした。

「きみとは一度でじゅうぶんだ」

バーテンダーから出されたロングカクテルを両手に持ち、迷いもなく背を向けるリカルドは冷徹だ。女は青ざめ、いまにも倒れそうな様子でカウンターに取りすがる。

驚いたトウマは通りすがりの客の背に隠れようとしたが、リカルドにあっさりと見つけられてしまう。

「……アンリ。待っておいでと言っただろう」

なにごともなかったかのような微笑みを向けられ、背中がぞくりと冷たくなる。口を開けずにいると、不審そうなリカルドが大股に近づいてきた。

「どうした。なにか、嫌なことでも……」

ひとりにしたことを悔やむように言われ、トウマはちらりとカウンターへ目を向けた。女の鋭い視線に射られ、いたたまれない気持ちになる。礼も言わずにリカルドからカクテルを受け取り、スタスタとテラスへ出た。

背中にリカルドの声がかかっても振り向かず、元いた場所へ戻る。

「どうしたっていうんだ」

わかっているくせに、知らないふりをする。まるで、トラップを仕掛けているときのトウマのようだ。ひたすらに甘く、相手をからめとる。

「見た目がいいんですから、もう少し愛想良く断ったらどうなんです」

抑えたつもりだったが、予想外にとげとげしい声が出た。しくじったわけではない。これもまた、嫉妬しているように聞こえるだろう。

そう思いながら、カクテルに口をつける。モヒートだ。

「一夜限りで終わっても、相手は女性ですよ。傷つけることはない……」

言い終わるとくちびるを閉じ、不機嫌な視線を暗い海へ向ける。

波の音よりもパーティーミュージックの方が大きい。

「……気をつけよう」

ほんの少しの間を置いて答えたリカルドが距離を詰めてくる。

トウマはツンとしながら身体の向きを変えた。リカルドに対して直角に立つ。背を向けるほどの拒絶ではない。

あの女は高級コールガールだろう。パーティーコンパニオンにしては豪奢で、鼻持ちのならない感じがした。それに、あまりに妖艶で美しかった。

彼女と窓辺で抱き合うリカルドは絵になりすぎる。

トウマは純情を装い、相手がコールガールだと気づいていないふりをした。

「機嫌を直さないか。もうじき、ダンスタイムだ。スタンダードなら踊れるだろう」

「チークだけです」

むくれたまま応えると、リカルドは笑い声を漏らした。ひそやかで甘く、聞かされていることちらが蕩けそうな声だ。

「それは、ふたりきりで踊りたい」

隣に並び、手すりに置いたトウマの指を押さえてくる。

トウマは不意に素早く振り向いた。リカルドの手の下から指を引き抜き、チーフの乱れを直すふりで差し伸ばす。軽く触れたのと同時に、手を握られた。

そこに電子媒体を隠しているのなら、不用意に触らせたりはしないだろう。チーフを引き抜く拍子に落ちてしまいかねない。

「浜に下りようか」

リカルドに誘われ、トウマは自分から瞳を覗き込んだ。まだ欲情には早く、溺《おぼ》れそうなフェロモンは感じない。けれど、鳶色の瞳には魔力がある。

じゅうぶんに見入り、リカルドの瞳に映り込んだ自分が、彼にも同じように見えているのだろうかと考える。

握られた指の熱さに、反応の意味を問いたくなって戸惑う。

彼はアルファだ。きっと、オメガのように取り込まれたりはしない。主導権はアルファにあり、溺れていくのはオメガだ。

しかし、トウマにはアルファの理性を打ち崩す自信がある。苦しいほどの興奮を熱狂に変え、歯止めが利かないほどにさせて意識を奪う。

絶対に、アルファの思うがままには、ならない。

「あなたの家で……」

海風が潮の香りを運び、パーティーの喧噪がさざ波のように繰り返される。その中で、ささやくトウマの声はか細く震えた。

「……チークを……」

伏せたまつげを、ゆっくりと押しあげる。リカルドの瞳に映ったトウマは、完全に美しかった。自分自身でも、これまでにない、完璧な誘いだと思う。

「罪だよ、きみは」

リカルドは視線をそらさなかった。トウマしか見えていない顔が近づき、くちびるが重なる。人々の喧噪とフロアのリズムが遠のき、潮騒が大きく響く。

それはやがて心臓の音になった。


睡眠薬を効果的に使う方法は、タイミングに合わせてフェロモンコントロールを仕掛けておくことだ。

キスに夢中になったターゲットは、唾液で溶けかかった睡眠薬に気づかない。

トウマの身体は耐性がついているので、キャンディが溶け、薬の味がしてから口移しに渡しても問題はない。激しくディープなキスで貪り合いながら股間を手でまさぐってやれば、フェロモンによる興奮をオーバーヒートさせた相手は卒倒する。その身体に睡眠薬が回れば、狙っていた情報を探すのも簡単だ。

もちろん情事の跡は残す。もっとも面倒で憂鬱な仕事だが、惚れた演技を見せるよりは気が楽だ。

「んっ……ふ……ぁ」

小さく喘ぎ、トウマはまつげを伏せた。くちびるが触れ合い、そっと舌が差し込まれる。

ペントハウスのエントランスに入った瞬間のキスは予想していた。

気分が盛りあがるように、じわじわと罠にかけたのはトウマだ。

運転手付きの送迎車は、大型の高級セダンで、運転席と後部座席の間に透明なついたてがある。ふたりきりも同然の空間で、トウマは注意深くリカルドの気を引いた。

うっかり、車の中で行為が始まらないようにするのもテクニックだ。富裕層や権力者の中には、使用人を人間と思わず、性行為を見せることを厭《いと》わない輩が多い。

だからこそ、性行為を回避したいトウマは純真な人物設定で相手に近づくのだ。

本当のふたりきりになるまで、キスさえ恥じらい、それが魅力的で得がたいもののように感じさせる。押せば簡単に折れそうに見せながら、手に入れるまでの行為を、ゴールであるセックスよりもいっそう艶かしく演じる。これもまた、奔放な娼婦を演じるより難しい。

「あっ……はっ……」

薄い睡眠薬をリカルドの奥歯へ押し込み、ギリギリまで舌を追わせて息を弾ませる。

ねっとりとした唾液は、キャンディの砂糖が混じらなくても卑猥なほど甘い。これほどじっくりとアルファの舌先を味わったことのないトウマは、激しく肩を上下させながら顔を背けた。立っていられず、背中が押し当たる壁へと両手をすがらせた。

リカルドにしがみつけばいいのだが、歯止めが利かなくなりそうでこわい。自分の身体が求めているとわかるから、なおさらだ。

「いき、なり……こん、な」

身体をよじりながら抵抗を見せ、壁に追い込んで閉じ込めるリカルドの腕を掴んだ。はずそうとしたが、身体に力が入らず、すがりついた格好になる。

「そのつもりだと、思っていたけど……？」

耳に注ぎ込まれるささやきは低く、トウマはびくっと震えた。リカルドの欲情を感じ、視線を向けられなくなる。それでも、身をよじって向かい合い、身を投げ出すように胸へ飛び込んだ。

タキシードの襟のなめらかなシルクを指で辿って、首筋へと腕を回す。

「寝室へ、連れていってください」

恥じらいながらも凛《りん》とした声でささやき、そのつもりで来たことを相手に伝える。

いつものやり取り。いつもの仕草。慣れた誘惑の手立て。

なのに、トウマの胸のざわめきだけが、これまでと違っている。

軽々と抱きあげられ、首にぎゅっとしがみつく。リカルドの髪からへアリキッドの香りがして、めまいを感じてしまう。

任務でなかったならと考えることは卑《いや》しく愚かだ。

快感に怯えるふりで運ばれながら、トウマは室内を検分する。海沿いの高級アパートメントの最上階。吹き抜けのエントランスの先に広いリビングがある。そこを横目に曲がり、奥へと連れていかれる。

リカルドの住まいはすでに調べがついていて、間取りも頭に入れてある。リビングにらせん階段が付けられたメゾネットタイプで、部屋数が絞られている分、ひとつひとつが広い。寝室は一階の奥だ。トウマの暮らしている部屋がすっぽり入ってしまう広さのバスルームと、それよりはやや狭い衣装部屋が回遊できるように繋がっている。

決まった愛人も恋人もいないリカルドは、夜の相手に高級コールガールを選ぶ。彼女たちとの逢瀬《おうせ》にはホテルを使うので、ペントハウスへ出入りするのはリカルド自身と会社の男性秘書ぐらいだ。

秘書との関係は疑わなかった。執事も務められそうなほどに厳格な雰囲気をしており、メゾンにいた初老の従業員と同年代だ。

彼のようなタイプが好みなら、トウマの誘惑に乗ったりはしないだろう。

「シャワーを……」

　ベッドのそばで降ろされて、トウマはおろおろと視線をさまよわせた。部屋は夜の雰囲気を邪魔しない間接照明だ。セピアとオレンジが入り交じる。

「きみは不思議だな。恥じらっているようで強引に誘う。それなのに、私を焦らしてくる」

　耳を触られて、トウマはあとずさる。パッと上げた視線が、リカルドに捕まり、互いの視線が熱っぽく絡み合う。見つめ合うだけで、エントランスで交わしたキスよりも濃厚な交わりを感じ、自然と息があがってしまう。

「リカルド……」

　呼びかけながら両手を伸ばし、ジャケットの襟を掴む。引き寄せて、くちびるの端にたどたどしいキスを贈った。

「もうじゅうぶん、待っただろう。お預けは、このぐらいにしてくれ」

　リカルドが身を引き、自分でジャケットを脱ぐ。ひとり掛けのソファの肘掛けにそっと置く。やはり、ポケットに電子媒体が入っているのだ。ジャケットは丁重に扱われている。

「あなたを相手に、気後《きおく》れしない人間がいるんですか」

　トウマもジャケットのボタンをはずす。リカルドが戻ってきて背後に回り、脱ぐのを手伝ってくれる。

　リカルドのジャケットとは別のソファに置かれるのを目で追い、タイをはずしたトウマは、シャツのボタンをはずしながらリカルドを見た。

腰高なカマーバンドが映える長身の男は、まだタイを着けたままだ。白いシャツが沈んだ間接照明の中でその美男ぶりが眩しい。

「脱いで」

柔らかく溶けるような声で促され、トウマはベストのボタンをはずす。

ひとつ、また、ひとつ。身を包んでいる布地がゆるんでいくごとに、胸が高鳴り、腰の奥が疼いていく。オメガのフェロモンが滲み出し、感じ取ったリカルドの匂いも濃くなる。

じんわりと湿りけを帯びた互いの淫靡《いんび》さがかすめるように干渉するたび、青白く紫がかった淫猥さで火花が散っていく。そんな気がする。

互いの心に火が点《つ》き、あともう少しで炎となって燃えあがりそうだ。

トウマはベストを脱ぎ、リカルドへ向かって差し出す。受け取られ、ボトムのボタンに指をかけた。

ふたりの視線は絡んだまま、ひとときも離れない。

もうすでにセックスは始まっていて、身体の内側の隅々まで愛撫されているようなせつなさが募る。

リカルドも同じ快感を味わっているのだろう。欲情に囚われた目元はいつも以上に凛々しく、ときどき獰猛《どうもう》な獣《けもの》の本性が見え隠れする。トウマの放つフェロモンが、彼の理性を剥《は》ごうとしていた。

人間はみんな、獣だ。男も女も、快感を貪るときは野性に還《かえ》り、本能に抗えない。

自分も同じなのだろうかと、視線でリカルドを誘いながら考える。持って生まれた甘いフェロモンで人の心と身体をからめとりながら、トウマはまだ他人と繋がる悦楽を知らない。

手淫で射精させられても、溺れるほどの快感を得たことはなかった。

「……来てください」

全裸になるわけにはいかず、ボトムのボタンをはずしただけで両手を差し伸べた。興奮しすぎて、なにひとつ自分ではできない風情は、男の欲情を最大限に煽る。

さらうように抱き締められ、ベッドに押し倒される。

「んぅ……んっ」

くちびるが重なり、のけぞったあご先から喉元までをキスで貪られた。

「いい匂いだ」

欲情を煽られた男の声がかすれて聞こえ、トウマは膝をゆるめる。足の間に割り込んだリカルドの膝をぎゅっと挟む。すでに反応している股間に、逞しい太ももの張りを押し当てられ、思わず声をあげた。

パッと両手で口を覆う。こんな本気の声が出たのは初めてで、自分でも驚いたのだ。

盗聴器は遠くに置かれているが、ヒューゴにもかすかには聞こえているだろう。

「どうしたの。そんなに恥ずかしがって……。きみはまるで純潔の乙女《おとめ》みたいだな」

からかうリカルドの手がシャツのボタンを下からはずしていく。

「……あっ、……んっ」

男のための演技をしようと思っても、もうダメだ。一度こぼれた本気の喘ぎは、止められない。リカルドの指が肌を這い、なぞるように動くたび、トウマのくちびるからは吐息がこぼれ出す。

もう少し強いフェロモンを出さなければいけないことはわかっている。そして、ヒートフェロモンで籠絡《ろうらく》するのだ。

けれど、リカルドを相手に、いつものようにはできなかった。普通の人間、ほとんどのベータは、いまの時点で理性を失い、発情した犬のようになってトウマの足に腰をこすりつけてくる。

けれど、リカルドはそうならない。煽り、煽られているはずなのに、ふたりの熱は強弱を繰り返しながら絡み合っていくばかりだ。

リカルドの両手がトウマの脇腹を掴む。熱い手のひらがぺったりと押しつけられ、身体のラインを上へと辿られる。指先が胸に至り、

「ん、くっ……」

トウマの足先がフットスローを蹴りのけた。

のけぞるほどに感じたのと同時に、自分の乳首が尖っていることに気づかされる。

「純潔にしては、ここが感じやすい……」

低い声が耳元に注がれ、親指でこりこりと転がされる。

「……あ、ぁッ……や」

よほどしつこく触られなければ大きくならなかった小さな突起が、いまは自分でもそれとわかるほど勃《た》っている。そして、転がされるたびに、感じたことのないじわじわとした欲望が積みあがっていく。

股間が応じて脈を打ち、腰がもじもじと動いてしまう。

「気持ちいいの？　もっと、しようか」

ささやいてくるリカルドに顔を覗き込まれ、トウマは相手を見た。せつなく目を細めた瞬間、身の内に吹き溜まる熱が溢れ返る。

リカルドの凜々しい眉根の間に深い溝が刻まれ、息づかいを潜めたまま腰が動き出す。こすりつけられる昂ぶりの力強さはほかと比べようがなく、アルファの凄《すご》みを感じさせる。トウマに見つめられたリカルドの息が激しく乱れ、澄んだ瞳が血走っていく。

「もっと、して」

両手を差し伸ばして、トウマは相手の顔を包み支える。

欲情と興奮と快感。それらに飲まれていく男の身体から、やがて力が抜け、トウマは大きく息を吸い込んだ。一緒になって横へ倒れ、乱れた息づかいが寝息に変わるまで待つ。

いつもならすぐに動ける身体が思い通りにならず、トウマも息を整える時間が必要だった。

「リカルド、……リカルド」

演技を続けたまま、相手を揺さぶり、完全に昏倒したことを確かめる。睡眠薬も仕込んだが、リカルドは油断できない。

既成事実を作るかどうか悩んだが、なにもせずに終わった方が『アンリらしい』気がする。ボスのシャツもボトムも乱さず、トウマはベッドを下り、リカルドのジャケットを手にした。ボスのイーゴリとの接触を確認してから先は、目を離していない。受け取ったものを隠すようなそぶりは見なかった。

だから、胸のポケットを探る。チーフを引き抜き、指を差し込むと、一センチ四方の電子媒体が出てきた。すぐに自分のジャケットを引き寄せる。身体のラインを邪魔しないように取り付けられた内ポケットから、小さなケースを取り出す。電子媒体の中身をコピーするものだ。

コードを選んで差し込み、リカルドを振り返る。昏倒しているのか、眠っているのか。身じろぎひとつしない身体は、横たわっているだけでも魅力的だ。

彼の寝姿を見ることができた女性は幸せだと思うトウマの脳裏に、パーティーで見たコールガールの姿がよみがえる。彼女は、リカルドの官能的な姿を見たのだ。

それは、アルファがオメガに欲情するのとは違う。ほんの一瞬、ひとときでも、ふたりは互いを慰め合った。そんな予感に、胸が塞ぐ。

予想よりもデータが大きく、コピーに時間がかかる。焦りながら、トウマは身繕いを整えた。ベストとジャケットはそのまま腕にかけ、ようやく用の済んだ電子媒体をリカルドのジャケットに戻した。チーフも戻そうとして、手を止める
自分のジャケットのチーフと取り替え、そうしたとわかるようにねじ込んで離れた。

もしかすると、これきりの関係だ。

データの解読が行われる間は、サンドラを離れることになるかもしれない。

次に戻ったときは、恋が終わったあとのようによそよそしくなるだろう。バカンスの恋は、いつでもそんなものだ。

燃えあがるのも、火が消えるのも早く、波がすべてをさらったように元へ戻る。

トウマは後ろ髪を引かれるように振り向く。さよならを言えず、視線だけを送って部屋を出た。

ペントハウスは単純な間取りだ。図面を思い出さなくても歩ける。

一直線に玄関エントランスへ向かっていたトウマは、

「別れのキスもなしとは、つれないな」

背中に聞こえた声に驚かなかった。そのまま、ドアノブに手をかける。

下手に動揺しないだけの経験がある。迷わずに外へ出て、一目散に逃げればいい。アパート

メントの近くでヒューゴが待っているはずだ。

しかし、施錠をはずしていたはずのドアノブが動かなかったとき、心臓が跳ねた。

「……おとなしく帰すと思ったかい？」

電子制御でのドアロックは想定外だ。アパートメントにもペントハウスにも付けられていないはずだった。

背後に寄り添ったリカルドの手が、肘にかけたジャケットをするりと奪う。

「ニッポニアには、フェロモンコントロールを習得したオメガがいるらしい。それも、とびきりの美形だ。……そんな噂が、アルファの間では評判になっているんだよ。妄想の類いだと思っていたが」

ジャケットに戻したケースが奪われ、トウマはくるりと振り向いた。

「マフィアの間で、じゃないんですか？」

サンドラにはいないが、世界的に見れば、オメガを売り買いするマフィアも存在する。オメガが特別な取引対象なのではなく、撲滅すべき人身売買のひとつだ。

「作り話じゃなかったんだな」

瞳を見つめられ、トウマは相手の眉間を睨む。奪われたケースは、リカルドのボトムスのポケットに片付けられている。

「もう一度、仕掛けましょうか」

挑むように言うと、リカルドは相手にもしない態度で微笑んだ。

「きみと私と、どちらが強いだろうね。私の両親は、ふたりともアルファだ」

リカルドの言葉にトウマは驚いた。優秀な遺伝子を持つアルファ同士はめったに惹かれ合わず、生まれた乳児はおおむね先天的な疾患によって短命だ。

健康体で生まれた場合は必ずアルファ性を持ち、王者の資質を持つ。しかし、ほかのアルファ以上に裏社会へ落ちやすいとされている。突出して聡明なのが仇となり、社会の矛盾に嫌けが差すからだ。

ベータの元に生まれたアルファの子どもが富裕層へ養子入りさせられるのも、同じ理由からで、反社会的な思想に染まる前に、人民にとって有益な目的意識と教養を身につけるのだ。

リカルドの両親がアルファ同士なら、間違いなく彼は富裕層の生まれだ。国家的なプログラムの中でも最良の教育を受けただろう。

しかし、裏社会へ堕ちた。

「……社会的損失ですね」

「社会の歯車になるにしても、道は自分で選びたいと思わないか。きみだって、無理強いされて組織に入ったわけじゃないだろう。トウマ・キサラギ」

本名を呼ばれ、くちびるを引き結ぶ。

リカルドの手が伸びて、身繕いをしたばかりのシャツがボトムスから引き出される。抵抗しないでいると、裾からひとつひとつ、ボタンをはずされた。袖のカフリンクスもはずされて落ちる。

「おとなしく抱かれてくれたら、データは渡そう」

「嘘だ……」

答えたトウマのくちびるが塞がれる。キスは蕩けるほど甘く、油断すれば押し流されかねない。身構え、イニシアチブを取り戻すために、フェロモンコントロールを仕掛ける。

「たまらなく、甘い匂いだ。そんなに怯えなくてもいい。危害は加えないよ」

フェロモンで煽っても、リカルドの理性は強固だ。瞳の奥では興奮が燃えているのに、本能を揺さぶることができない。

「……放してください」

視線が絡まり、トウマは手段を変えた。懇願するように訴える。

「あなたの匂いは、あんまりにも強くて……。ぼくに相手は務まらない」

「しおらくしても、逃がさない。きみは『アンリ』じゃないからね」

シャツが脱がされ、ボトムスのボタンもはずされる。下着ごと引きずり下ろされ、全身が剥《む》き出しになった。

「盗聴器も仕掛けてあるんだろう。仲間が助けに来るかな……？　きみ次第だ。手ぶらでいいなら、セックスをせずに、このまま帰してあげてもいいよ。服を着るかい？」

両肩を掴んだリカルドの手が腕を撫でて手首へとくだる。それと同時に、床へ膝をつく。トウマはとっさに股間を隠した。重ねた両手を引き剥がされることはなく、リカルドの手は靴に伸びた。目的は革靴の紐をほどくことだ。

靴が脱がされ、靴下も剥がれる。

データのためなら身を投げ出すと、リカルドは知っている。靴に邪魔されて脱げなかったボトムスを足から抜かれ、トウマは軽々と横抱きにされた。

ふたたびベッドルームへ連れ戻される。

「リカルド。このデータは外部に出しません。あなたに迷惑がかからないようにします。……あなたなら、わかってくれるはずだ」

「殺し文句だね。でも、きみは、これがどういうものか。本当は知らないんだろう」

「……それでも、これをいただくことが、ぼくの任務です」

「見事に忠実な犬だ。けれど、それは人間の生き方じゃない。……人間同士のやり取りをしよう。血と情の通った関係だ」

ベッドに降ろす仕草は恭しく、投げ出されるとばかり考えていたトウマは面食らう。

「アルファがこわいなら、見つめないでいてあげよう。ほら、きみも、フェロモンを抑えて」

「いつから、気づいていたんですか」

のしかかってくる身体を肘で押し返し、身をよじりながらベッドの枕元へ逃げる。

「きみがオメガだとわかった瞬間から」

シャツの前を開いたリカルドに手を握られ、トウマはまた身構えた。

「騙《だま》されてくれていたわけだ……」

股間へ誘われると思った手が、リカルドの胸に押し当てられる。

「んっ……」

くちびるが吸いあげられ、トウマの指がリカルドの肌を掻いた。相手の心臓の音よりも、自分の心臓が何倍もうるさい。

「その方が親しくなれると思ったままでだ。いままで出会ったオメガと、きみはまるで違う匂いだった。自分ではわからないだろう」

リカルドの声はひそやかだ。すべてがささやきになり、トウマの肌に降りかかる。

手に入れられてしまう恐怖に甘い好奇心が勝り、トウマは自分自身によって裏切られる。

リカルドは魅力的だ。圧倒的なアルファの匂いに包まれ、頭の芯がぼうっと痺れてくる。

「あっ……だ、め」

途切れる声で訴え、胸を合わせようとする身体を押しのけた。素肌が触れ合うたびに、自分の匂いがきつくなり、溢れたフェロモンがいつもとはまるで違う調子でリカルドへ忍び寄る。

目には見えない動きだが、そうとしか表現のしようがない。

リカルドはわからないだろうと言ったが、トウマは自分の匂いを知っている。ただ、相手がどう感じるかは想像したこともない。

「リカルド、ダメ、だから……。リカルド」

いつもコントロールしているヒートフェロモンでさえも、自分の意志とは裏腹に溢れていくようで、トウマは焦った。

身をよじり、股間を隠してうつぶせになろうと試みる、しかし、身体は簡単にひっくり返された。

指が剥がされ、柔らかく勃ちあがったものが握られる。背筋がビリビリと痺れ、跳ねた身体と同じく、握られた肉片も大きく育つ。揉みしだかれ、上下にしごかれ、トウマはぎゅっと目をつぶる。

反応したくなくても反応してしまう。腰に熱が吹きだまり、足が開いてしまう。その間に身を置いたリカルドが額突《ぬかず》いた。

「あっ……」

信じられないもの見て、トウマは目を見開く。リカルドの舌が、トウマの欲望の裏筋を舐めあげ、先端を口に含む。

「……ん、くっ……ッ」

アルファが進んで口淫をするなんて聞いたことがない。なにごとにおいても上位に立つのが当然の存在だ。性的な奉仕など絶対にしない。

「あぁっ……、あっ、ぁ……ッ」

押しのけようと伸ばした手は力なくリカルドの髪を掴む。

どうしようもなく腰が蕩け、初めての深い快楽に抗えない。

フェラチオはしたことも、されたこともない。手でされる強い刺激しか知らなかったトウマは、熱く濡れた口腔内の感触に翻弄される。

「んっ、ン……」

「声は、聞かせて」

口元を覆った手が引き剥がされ、まるで恋人同士のように指が絡む。

なおもねっとりと舌が這い、濡れた水音が卑猥に響く。あっという間に頂点へ引きずりあげられ、

「あっ……ぁ……ん。い、く……あぁ、……やだ……ぁ」

甘えるような声がくちびるからこぼれた。冷静なら羞恥《しゅうち》と屈辱に身悶えたかもしれないが、いまは快感に抗うことに必死だ。

自分の声など気にする余裕もなく、ひたすらに四肢を突っ張らせた。けれど、たまらずに腰が動いてしまう。

「……ひぁ……っ、ん、んっ……ッ」

先端を吸われ、根元を指の輪でしごかれる。れろれろと先端のくぼみを舐めるリカルドの息

づかいが、アンバーに透ける薄い毛並みを揺らす。

口でされることが、恥ずかしくてたまらない。それなのに、なにもかもをさらけ出したい欲求に襲われ、身動きが取れなくなる。

「リカルド……、リカルド……。あぁっ……ぁ……っ。……や……、やっ、ぅ……っ」

こらえきれずに腰が震え、トウマは背中をしならせながら奥歯を噛みしめた。

「……はっ……ぁ……そんな……」

吐精を口の中に受け止めたリカルドがゆっくりと身を起こす。手のひらに白濁を吐き出し、迷いもせずに自らのボトムスで拭く。

「きみのハニートラップは見事だ。甘くて、刺激的で、人の心の深くに入り込んでくる。正直、嫉妬したよ」

リカルドが自分の人差し指を口に含む。まるで口の中の残滓《ざんし》を取り除くかのように動かし引き抜いた。濡れた指がトウマの腰の裏に這う。右の膝裏を掴まれ、大きく開かれる。

「ま、って……」

射精の勢いに乱れた息づかいを必死に整えようとしていたトウマは、次の行動の意味に気づいて焦った。

まだ、誰にも触られたことのない場所に、リカルドの指が押し当たる。

嫌だと思う。その心の裏側に、触れられたい欲望が兆す。

身体はもう口淫に蕩けきって、トウマの思う通りには動かない。

繰り返そうとした声が喉に詰まり、濡れた指がぐっと押し込まれる。身を硬くしたトウマは、男の手を止めようと腕を伸ばした。

「うん……っ」

ずくっと押し入れられ、あらぬ場所が引きつれる。身体はいっそう硬くなり、リカルドの指を締めつけた。

「……トウマ。……きみは……」

信じられないものと直面したリカルドの声が胸に痛い。初めてだと正直に打ち明け、指を抜いて欲しかったが、弱みを見せていっそうつけ込まれるのもこわい。

しかし、指が浅い場所で抜き差しを始めると、トウマの強がりも瓦解《がかい》した。

初めての感覚は強烈で、そして、思いのほか、胸に響く。

「リカ……ル、ド……」

自分でさえ触れたことのない場所に、男の太い指がみっしりと差し込まれている。圧迫感はあまりに強く、声を出すことも恐ろしい。

トウマのたどたどしい呼びかけに、リカルドの指が動きを止める。

「色仕掛けのプロじゃないのか……」

ささやきながら顔を覗き込まれ、助けを求めるように見つめ返す。

「それ以上……いや……」

ずるっと指が動き、トウマは喘ぐ。喉を晒してのけぞり、押し込まれて身を屈める。

「こんなに狭い……。指もろくに入らないな」

「……い、や……、いやっ……」

繰り返しても、説得力はなかった。トウマの身体は快感を捉え、声は甘くねだっている。

自分の身体の信じられない反応に戸惑いすぎて、涙が溢れていく。

「んっ……ぁ、あぁっ……リカルド、いや、いや……っ」

駄々っ子のように繰り返し、腕を爪で引っ掻き、リカルドのブルネットの髪を掴む。

「い、くっ……いく……っ」

涙声が上擦り、トウマは腰を引きあげた。アルファに内側をいじられ、求めるようにうごめくのがオメガの本能ならいたたまれない。それでも、リカルドの指は強烈な快感だ。

もっと、もっと、奥へ挿《い》れて欲しい。そう思う一方で、理性がしがみついてくる。

だから涙が溢れ、胸が痛んだ。

「やめ……っ、そこでは……いきた、く、なっ……」

シーツを探り、両手を上げる。枕の端を掴んでこらえた。

いつも、リカルドは理性的だった。トウマが嫌がることを強要したりはしなかった。

なのに、いまは貪るように指を出し入れしている。

「……っ。あぁ、トウマ、きみは……」

リカルドの低い声が耳元で聞こえ、指がずるっと抜ける。その刺激にさえ跳ねる身体をリカルドの胸に押さえつけられた。

「落ち着いて。……だいじょうぶだ。もう、しない」

子どもにするようにシーッと声をかけられ、ごろりと転がったリカルドの胸に抱き寄せられる。トウマの背を叩く手つきは優しく、腰は欲望を隠して離れた。

「……本物の、純潔か。まいったな」

柔らかな声には、あざけりやあきれた響きはない。ほんのわずかな戸惑い。それがリカルドの本心だろう。

だからこそ、トウマは己を恥じた。

いまだかつて一度も他人の性的な魅力に翻弄されたことはない。ましてや愛撫に溺れるなんて絶対にありえなかった。

けれど、リカルドには勝てない。

匂いを嗅げば欲情し、指先の動きに肌が燃える。

それよりも、なによりも、自分が嫌がればリカルドが行為をやめてくれると、トウマは信じているのだ。

そのことは、トウマの心を激しく揺さぶった。

いままで警戒心しか感じなかったアルファに対して、儚《はかな》いながらも信頼感が生まれている。

「……ぁ」

すでに指は抜かれているのに、余韻を貪る腰がぶるっと震え、リカルドの腕がほんのわずかに動いた。

トウマの興奮に煽られたリカルドの身体は、いまも確かにオスの欲望に囚われている。

普通なら襲いかかってきてもおかしくない状態だが、リカルドの強靱な理性は、微塵の苦労も見せずに大人の振る舞いを続けた。

快感に恐れをなしてすがるトウマは男の気苦労に頓着《とんちゃく》する余裕もなく、ただ、これ以上、自分を変えて欲しくないと願うばかりだ。

「あのデータは、きみにあげよう。泣かせてしまったお詫びだ」

くちびるが、汗で濡れたトウマの額に押し当たる。

「でも、きみの欲しいものかな。……不動産を売却したがっている人間の名簿だ」

「……普通の売却じゃないですよね」

はぁはぁと乱れた息を繰り返しながら、トウマは冷静に問い返す。そうすることで、まだビリビリと震えている身体の内側をなだめる。リカルドがかすかに笑った。

「きみの欲しいものを言ってごらん」

「なにと、引き換えですか」

息を整えながら、トウマは起きあがる。男の指を食んだ場所に違和感が残り、快楽のおき火はまだ赤い。

熱っぽいため息をつき、涙に濡れた目元を手の甲で拭った。

「服を取ってきてあげよう」

リカルドがベッドを下りる。言葉通り、トウマの服を抱えて戻ってきた。

「あなたもたいがい、酔狂だ」

「泣いて嫌がる相手を組み伏せる趣味はない」

「ぼくを従わせることぐらい、難しくないでしょう」

アルファは、オメガに対して圧倒的に強い。

「きみにはフェロモンコントロールがあるだろう。……争う気はないよ。今夜は、きみもその気だろうと思っただけだ。勘違いして申し訳なかった」

「仕事だとわかっていたくせに」

シャツを引き寄せて袖を通す。比翼仕立ての隠しボタンを留める指が滑り、リカルドがそっと手を出した。トウマは素直に任せて手を引く。

「仕事でもいいから、きみとの相性を試してみたかった。……スケベ心だ」

顔に似合わないことを言われ、トウマはきょとんとした。リカルドと目が合う。引かれ合い、くちびるが自然と重なる。

「いまのは、きみから？　それとも、私からだった？」

「知りません」

ふいっと顔を背けるトウマのあごを指先で引き戻し、リカルドはもう一度、くちびるを重ねてくる。

「……裏カジノの、顧客データ。あなたに渡されるんでしょう……」

離れていくくちびるを舌先で追いそうになり、トウマは聞いた。

リカルドは表情ひとつ変えず、トウマにボトムスを差し出した。ベッドの端で下着ごと足を通し、立ちながら引きあげる。ベストとジャケット、それからデータを移したケースがベッドの端に置かれた。

「本当に欲しいのは、それか」

「……ください」

平然とねだり、ベストとジャケットを羽織る。ボタンを留めずに内ポケットへケースを戻した。

「考えておこう。……泊まっていかないか」

「これ以上、あなたの心を乱す気はありません」

トウマははっきり答え、リカルドをシャットアウトする。

正体がバレてしまった以上、アンリを装っていたときのような演技は無用だ。

なによりもぐずぐずにされて泣かされたことが、身に沁みて恥ずかしい。落ち着きを取り戻すことにきまりが悪く、別れの挨拶もそこそこにペントハウスを出た。

アパートメントの玄関を出ると、真正面にヒューゴの乗った車が停まっていた。時間は深夜だ。あたりには人影もない。足早に近づき、後部座席へ乗り込む。

車はすぐに発進した。

「聞いていたんだろう。狙ったデータじゃない」

内ポケットからケースを取り出し、助手席に置く。ジャケットもベストもボタンがはずれたまま、ボウタイは忘れてきた。

追いつかれた玄関で服を剥がれたから、ベッドルームに連れ戻されたあとの会話は聞かれていないはずだ。

「不動産の売却を希望する客のリストらしい。でも、裏カジノで借金を作っている人間のリストかもしれない。確認してもらってくれ」

「オッケー、おつかれさま」

いつもの軽い口調で答えるヒューゴは、ケースを回収して自分の上着のポケットに入れる。盗聴器でやり取りを聞いていたなら、トウマがオメガだということも聞いたはずだ。

知らなかったふりをされるのは落ち着かず、前の座席の間に顔を出した。

「最後までは、されてない」

「それは、また……。おまえのことだから、アルファぐらい、頭からバクバク食ってくるかと思ったよ」

ヒューゴの軽妙さに今夜も救われる。

オメガであることに気づいていたのかと問いたくなったが、意味がないのでやめた。可能性が確信になっても、態度が変わらないのだから、このままでいるのがいい。

「あんなアクの強いのを食べたら、消化不良で病院送りだ」

うそぶいて、運転席の後ろへ座り直す。

ため息をついて、胸の前で腕を組んだ。ジャケットの胸ポケットに押し込んだチーフに気づき、トウマは眉をひそめた。

こっそり取り替えたチーフはリカルドのものだ。

引き抜いて握り締め、そっとくちびるに近づける。リカルドの香水を嗅ぎ取り、のしかかってきた男の身体を思い出した。

くちびるで愛撫される快感と、押し込まれた指先の刺激。

泣いて許しを乞《こ》うた自分が胸に痛い。なのに、チーフを捨ててしまうこともできない。

これを限りと思ったから、こっそりと取り替えた。未練と名残《なごり》の両方が、胸にわだかまりを作る。

少しでも早く、この仕事から降りようと、トウマは心に決める。

もう一度でも抱き寄せられたら、抵抗するすべがない。アルファを前にオメガは無力だ。

窓の向こうを流れる海の景色は、まだ闇の中だった。

【4】


アンバーの髪をなびかせてバーに入ると、今夜も周囲の視線が集まる。

すげなくかわし、奥へ進んだ。モリスとの接触は、毎回、バーを変えている。

裏路地の小さな店はたくさんあり、バカンスシーズンを迎え、客が溢れる店も増えてきた。

夕暮れが近づくと、街中がそわそわして、新しい恋を発展させようと誰もが意気込む。

ひと夏の恋は短命だ。けれど、うまくいけば、忘れられない思い出になる。

うまくいけば、とトウマは心の中で繰り返す。

ビールを飲んでいると、遅れてモリスが現れた。開襟シャツを爽やかに着こなした姿は、まるきりのバカンス客だ。アイコンタクトを交わし、別のテーブルへ移動する。

「手柄だよ。きみの見立て通り、債権回収のリストだった」

小さな丸いテーブルを抱えるように身を屈めたモリスに見上げられ、トウマははにかむように笑い返した。

周りからは、家族を残してビィラを抜け出した夫と、浜辺で偶然出会った学生の秘密めいた逢瀬に見えるだろう。夏のサンドラでは珍しくない光景だ。

ベッドインはゴールだから、その過程を楽しむのが刹那的《せつなてき》なゲームの醍醐味《だいごみ》であり、作法でもある。

「嬉しくなさそうだね」

モリスが眉根を曇らせる。トウマはビールのグラスにくちびるをつけ、答えに迷った。

今回の件は、これきりにしたい。そう切り出す糸口を探し、モリスの目元へ視線を向けた。

「きみの熱心さは、よく知ってる」

まっすぐに見つめられ、トウマはしくじったと直感した。モリスが言う。

「このまま、リカルドを取り込んでくれ」

「え……」

引き続き、顧客データを狙うように指示されると思っていたトウマは驚く。

「彼がアルファなら、意味があって組織に入っているはずだ。弱みを握れば、協力者にできる」

「……無理ですよ」

力なく答えると、モリスは不思議そうに首を傾げた。

「ぼくの得意分野はスポット任務です。ここまでが精いっぱい……」

「自分の実力を過小評価することはない」

肩を掴まれ、軽く揺すられる。

「警戒心の強いリカルドからデータを取れたのはきみだけだ。それはつまり、彼が心を許しているということじゃないか」

モリスの言葉に、トウマは口ごもる。それは、自分がオメガだからだ。

リカルドはただ、アルファの習性に従い、相性のいいオメガを愛玩《あいがん》しようとしている。ふたりの間に兆した『運命』は、リカルドの手の内にあり、トウマにはどうすることもできない。抗いがたい宿命でさえ、繋ぐのも断ち切るのもアルファ次第だ。

それなのに、トウマがオメガであることを知っているモリスは、すべてを承知した上で、リカルドを取り込めと指示を出している。トウマのフェロモンコントロールがリカルドにも通用すると思っているのだ。

いっそ、リカルドがアルファ同士から生まれた特別なアルファだと明かしたくなる。トウマの特殊技能も、彼の前では媚態《びたい》以上の意味がない。

オーバーヒートも睡眠薬も効かないとあっては、打つ手がないも同然だ。

「もう少しだけ頼むよ。取り込めなくてもかまわないから、揺さぶりをかけてくれ」

そう言って、モリスがテーブルに手のひらを押し当てた。スッとトウマの手元へ動かす。

残されたのは、薬のシートだ。

「強めのものを取り寄せた」

「……モリス」

「どうしてもと言うなら、仕方がない」

なかったことにすると言うが、モリスの本心ではないだろう。

いつもより強いヒート抑制薬を取り寄せたということは、本国の機関に報告済みだ。すでに正式なミッションとして動いている。

辞退すれば、成功率に傷がつく。今後の仕事にも影響が出るだろう。

報酬や階級に興味はなかったが、失敗理由にオメガだからと記載され、冷遇されることは耐えられない。

薬のシートを黙って引き寄せた。ボトムの尻ポケットに押し込む。

「無理をしろとは言わない。形だけでも受けておけ。……きみのためだ」

モリスの表情が硬くなり、彼も難しい立場にいるのだとわかる。サンドラの裏カジノで動く金に本国の機関が目を付けているのだとしたら、トウマには予想もできない事情があるのだろう。

例えば、政治家の資金洗浄や、違法物品の密輸。犯罪の数は限りなく、複合することも珍しくない。

「彼といるのは、つらいのか」

ふいにモリスが声を潜めた。オメガとして、ということだと察して、トウマは答えに迷う。

「……先週末、危ないところで逃げてきたので、急接近はできません。一度、距離を置いて揺さぶりをかけさせてください」

「いいだろう。この前のデータが思ったものだったらよかったな……。別の方法も模索するから、ひとまずは頼んだよ」

「……ええ」

うなずいたトウマは暗い気持ちになった。オメガがアルファと近づくことは、つがいにされる危険をはらんでいる。本来ならハニートラップが成立することはありえない。

絶対的にアルファが優位だ。

フェロモンコントロールを身につけたトウマに組織が期待するのも、アルファを打ち負かすことではない。相手の欲望をうまくいなして、懐に入り込むことだ。

つまり、愛妾《あいしょう》がピロートークで親族の昇進をねだるように、必要な情報の在り処を聞き出す。

それがいままでは、一発勝負だっただけだ。

「心配しなくても、きみのことは必ず『スポット』へ戻すから」

モリスに気遣われ、トウマは弱く微笑んだ。

ベッドの中で情報をねだる行為が、自分のスポット任務よりも劣っていると考えたことはない。

けれどやはり、ベータたちが行うようにはできないだろう。任務の内容が長期に亘《わた》るハニートラップになったら、オメガは欲望に負けてしまうに違いない。

そうして、複数人を相手の淫売をしながら情報を集めるオメガの噂も聞いたことがある。

エージェントたちからは、インテリジェンスの面汚しだといわれるタイプの仕事だ。

けれど、トウマには、堕ちたオメガたちの気持ちがわかる気がする。リカルドと出会ったいまなら、簡単に想像できた。

出会ってしまったアルファとつがいになり、そして捨てられるのだ。だいたい、この仕事で出会うアルファは歪んでいる。だから、甘い生活は一瞬で、あとはもう転落するしかない。

捨てられる理由はさまざまだ。アルファから飽きられることもあれば、組織に任務の継続を強要されることもある。

インテリジェンスの世界は、きれいごとではない。

首を突っ込んだ責任は重く、組織からオメガを守りきれるアルファばかりでもない。どんなに愛し合っていても、運命はきっかけに過ぎず、未来が途切れることはよくあるケースだ。

そして、つがいを失って転落したオメガは、性行為に溺れるしかなくなる。

熟《う》れた身体はアルファに与えられた快感を忘れないし、誰と行為に及んでも、つがいの相手とする以上に気持ちよくはなれない。回数を増やしても、人数を増やしても、根本的なものが満たされなくなる。

そうはなりたくないと、ずっと考えてきた。

オメガであると知ったときからずっと、自分の心が誰かに支配されてしまうことだけを恐れてきたのだ。

「本国のきみに対する期待は大きい。正念場だ」

モリスの手に肩を揉まれ、激励される。いつもなら、仕事のためだと奮《ふる》い立つ心も、今回ばかりはどんよりと淀む。

できれば、サンドラを出ていきたい。リカルドの匂いを忘れるまで、離れていたかった。

＊＊＊

週末は目覚めた瞬間から調子が悪く、ベッドを抜け出すのに時間がかかる。

頭が重く、全身が熱っぽい。

柔らかな髪を掻きあげ、ベッドサイドの引き出しを探った。朝起きて一番にするのは、ヒート抑制薬を飲むことだ。モリスから受け取った薬に変えたのが数日前。副作用が出たかと思ったが、もうひとつ懸念がある。

薬を口に入れて、ペットボトルの水で飲みくだす。ゆらゆらと歩いて、バスルームへ入った。手にしていたペットボトルを鏡の前のトレイに置き、トイレの貯水タンクの蓋をはずす。新しく隠しておいた簡易キットを取り出した。

こんな短期間で使うことは初めてだ。ヒート抑制薬を飲んでいれば、周期が乱れることはない。運命の相手と巡り合ったために、抑制薬が効かなくなることがあるのだろうか。確かめようにも、サンドラには頼りになる専門医がいない。

「……まいったな」

簡易キットがヒートを示し、トウマはぐったりとうなだれた。崩れ落ちなかっただけ理性が残っている。思い直し、簡易キットを梱包してテープで巻く。

ベッドルームに戻り、イスを引き寄せて窓辺に置いた。上げ下げ窓を開けると、温《ぬる》んだ海風が吹いた。太陽はすでに頂点を過ぎている。

トウマはしばらく、自分のフェロモンを出るに任せた。ヒート中のコントロールは、気疲れがする。

目を閉じて、窓辺のヘリオトロープの香りを吸い込む。そこに混じるのは、甘いオメガの匂いだ。そして、記憶に残っている、アルファの残滓。

リカルドの指が思い起こされ、布地の上から、そっと股間を押さえる。まだ反応は鈍い。

「……はぁ……っ」

ため息をこぼし、もう片方の手をTシャツの裾から中へ入れる。腹筋を伝いのぼらせ、胸に這わせた。

柔らかな膨《ふく》らみは小さく、存在感に乏しい。けれど、リカルドに触れられたときは、そこにあるとわかるほど尖り、こりこりといやらしくこねられた。

もう一度、その感覚を追いたくて、自分の指で摘まんでみる。

「……ん」

じわじわと突起が硬くなり、手のひらを押し当てた股間も膨らみ出す。

処理をしておくことがいいのか、悪いのか。数時間後には始まるパーティーを前に、トウマは思い悩んだ。強い抑制薬をもらったのに、こんな状態ではリカルドとの接触は無理だろう。ベータに紛れて、フェロモンを抑えているのがようやくだ。

しかし、参加しないという選択肢はない。せめて、まだターゲットにしていると、存在ぐらいは示しておきたかった。

仕事のためだと自分自身へ繰り返すたび、言い訳めいていると自嘲したくなる。それでも、別のエージェントがリカルドに言い寄るかと思うと動かずにいられないのだ。

例えば、あのコールガール。彼女だって、どこかの組織に雇われているかもしれない。ハニートラップは大小さまざまで、仕掛ける方も仕掛けられる方も、情報を餌に恋愛ゲームを楽しんでいたりする。深刻で命がけのミッションは限られているのだ。

リカルドの慣れた様子からして、自分に近づく人間はすべてその種類だと思っている可能性もあった。みんな返り討ちにされ、甘くからめとられてしまう。

そして、リカルドへの恋に破れて散っていく。

「ん……ぁ……」

トウマの指は、自慰の途中で止まる。

それ以上はなにもできなかった。アルファの愛撫でなければ、真に感じることはない。

指を離して、膝に投げ出した。

胸の内にぽっかりと穴が空き、風が吹くたびに頼りない空虚を感じてしまう。どうやって埋めればいいのか、見当もつかないトウマは、窓辺にもたれて目を閉じた。


その夜はヒューゴのサポートを受けずにパーティーへ出た。

リカルドを探し出し、視界に入るだけだ。終われば、すぐに帰るつもりだった。

若者が集まるクラブパーティーだ。チケット制のカジュアルなもので、夏のバカンスシーズンは特に盛りあがる。

若くして成功したリカルドはＶＩＰゲストとして呼ばれることが多い。パーティーが盛りあがる頃に顔を出し、主催者をねぎらってすぐに帰るだろうと予測したトウマは、見逃さないため、早めに会場入りした。

クラブパーティーは、同じ若年層が集まっていても、ビーチハウスでのパーティーとは趣《おもむき》が違う。熱狂しやすく、より欲望に忠実だ。

ビーチハウスパーティーがひと夏の出会いを求める場所だとしたら、クラブパーティーはワンナイトの相手を求める場所だ。もちろん、ただ騒ぎたくて集まる人間も少なくない。

場所に合わせ、カジュアルな服装で紛れ込んだトウマは、ドリンクを片手に持って壁に貼りつく。闇に紛れているつもりだが、ひっきりなしに誘いをかけられる。

着ているのは、焦げ茶色のボートネックで、ゆったりとしたサマーニットだ。パーティーらしく、ラメが交じっている。髪は片側だけ撫でつけ、地味に装った。

けれど、自覚のないうちにヒート中のフェロモンが滲み出ているのだろう。

声をかけられることがうっとうしく感じられ、クラブの密閉感と増えていく人の群れに息苦しさを覚えた。

ひどく混み合い、リカルドを探すどころじゃない。あきらめて帰ろうと思いながら、後ろ髪を引かれるように居続けてしまうのは、体調不良を押して出てきたせいだ。

ひと目見て、ひと目、その視界に入っておきたい。そう思ったときから、冷静じゃなかったのだろう。

気力を振り絞ったトウマは、冷たいソフトドリンクをもらおうとバーカウンターへ近づいた。すぐにバーテンからウィンクが飛ぶ。

「アイスティーを」

声を張りあげると、

「ウォッカは？」

と冗談めかして聞かれた。ぶるぶるっと首を振って否定する。『ロングアイランド・アイスティー』にされたのではたまらない。

「ただの、アイスティー」

念を押して、ドリンク代を渡す。バーカウンターにもたれて待っていると、肌がリカルドを感じた。息を飲み、対角線上を見る。

向こうは気づいていないらしく、バーテンダーを呼び寄せている。

その隣には、若い女がいた。肩を抱かれ、ドリンクをねだっているらしい。

声は聞こえないが、仲の良さそうな雰囲気だ。すげなくあしらわれていたコールガールとはまるで違う扱いに、トウマは目を見張る。胸の奥がじりじりと焦げ、ハッとしたのと同時に目の前にアイスティーが置かれた。

「ジャスト・アイスティー」

パイントサイズのグラスだ。グビグビ飲めるように、氷は大きくひとつだけ。ストローも刺さっていない。

「調子が悪いの？」

カウンターを乗り出したバーテンダーに聞かれる。ほぼ、上半身は腹這いだ。そのままこちら側に転がり落ちそうな勢いに驚き、トウマは笑いながら彼の肩を押し戻す。

「よかったら、休憩室へ案内しようか。もちろん、従業員用のね。テラスがあるよ」

陽気に誘われながら、トウマはアイスティーを飲む。肌が熱く、身体が火照る。冷たいドリンクを飲んだぐらいで治まるものでもない。

「悪いこと、しない？」

笑いながら言い返すと、

「……きみが、俺に教えなければね」

紳士だと胸を張っているが、上半身はカッティングボードに投げ出された魚のままだ。

おかしくてさらに笑ったトウマは、彼の誘いに乗ろうかと心を揺らす。リカルドはどうせ気づいていない。

気づいたところで、彼が感じるのは、狙いを定めたオメガへの独占欲だ。

「じゃあ、行こうか」

話をまとめようとしたバーテンダーがこちら側へ這い出す。その肩を、どこからともなく伸びた腕が押し返した。

「人手が足りていないだろう。まだまだ休憩には早い」

現れたのは、対角線上にいるはずのリカルドだ。

「えぇ……。それはないでしょ」

横取りだと言わんばかりに、バーテンダーがくちびるを尖らせる。リカルドはチップを押しつけて下がらせた。有無を言わせない行動だ。

トウマはとっさにリカルドの背後を見た。先ほどまで一緒にいた女の子がついてきているのではないかと思ったからだ。しかし、リカルドはひとりだった。

トウマの手を掴むと、人を押しのけて道を作り、フロアの出入り口へ向かう。パイントのグラスを掴んだままのトウマは、抵抗する間もなく引っ張り出された。

「きみのターゲットは、私のはずだ」

フロアの爆音が漏れ出る廊下で、壁際に追い込まれる。にぎやかな集団がリカルドの後ろを通り過ぎていく。

「……彼、ファミリーのひとりですか」

下っ端だろう。このパーティーもミハイロフファミリーの息がかかっているに違いない。

「見ていれば、次から次へと声をかけられて……。こんな匂いをさせているなんて、ハイエナの群れに肉を放り込むようなものだ」

「なにを、怒って……」

影が差して、トウマは顔を上げた。リカルドが現れたときから、身体の熱は高くなる一方だ。火照った肌はじんわりと汗をかき、視界は揺らいで焦点が定まらない。

「……っ」

くちびるが押し当たり、トウマは痺れた。手のひらからパイントグラスが滑り落ち、ふたりの膝を濡らす。

キスを続けながら、リカルドが転がるグラスを足で止める。

「んっ……っ、ん……」

貪るようにくちびるを食まれ、舌先が歯列を割る。逃げ惑う舌先はあっさりと捕らえられた。人目もはばからず、リカルドの背中から肩へと腕を回してしがみつく。

頭の中では、リカルドの浮気心を責めていた。

あんな若い女を横に連れて、どういうつもりだったのかを問い詰めたい。

顔立ちなら自分の方が何倍もきれいだ。ベータの女より、男であってもオメガの方が、アルファのリカルドを満足させられる。

「もっ……。やめっ……」

リカルドのシャツを引っ張って、顔を背ける。違いの唾液が濃厚に糸を引き、リカルドの手にあごを押さえられた。

「ヒートの抑制薬はどうした。……ヒートが来てるだろう」

「飲んでる……。飲んで、ます……っ」

答えた端から涙が滲み、トウマは奥歯を噛みしめた。それだけではこらえきれず、くちびるを噛む。

リカルドのせいだ。リカルドと出会ったから、指なんて挿れられたから、ヒートの周期は乱れ、薬で抑えることもできない。

額から汗を滴らせたトウマは、喘ぐように息を繰り返す。酸素が足りず、ひどく息苦しい。

「あなた、の……っ、せい、だ……」

シャツの背中をぎゅっと掴む。柔らかく高級なリネンは、リカルドの汗を吸ってしんなりと湿っている。

息があがって苦しいのに、離れて欲しくない。

「ひどい汗だ。……トウマ？」

手のひらがトウマの額を拭い、そのまま髪を撫でつける。瞳を覗き込まれる前に、トウマは顔を伏せた。力の限り、リカルドにしがみつく。

頭がぼんやりとして、視界が欠けてくる。

「……責任を……、取って……」

声はかすれ、消えていく。リカルドに抱き寄せられるのを感じながら、トウマは意識を手放した。

＊＊＊

「ぁ……ぅん……んっ」

よじらせた腰を掴まれ、ねっとりと熱い肉片が陰部を這う。大きく開いた足の内ももに、ブルネットの髪が跳ね回ってくすぐったいが、それよりも舐めしゃぶられる快感にトウマは溺れた。

のけぞりながら、髪を押さえて腰を突き出す。濡れた音とともに吸いあげられ、腰が震えてひくつく。強弱をつけてしごかれ、舌が這い回る。

「あぁ……。いい、いい……」

思いのままに声をあげると、スリットを分けた指にすぼまりを突かれた。

待ち望んだ挿入の快感にトウマは髪を振り乱す。欲しいものはそれではない。もっと熱く、もっと存在感のある、リカルド自身だ。

「来て……っ、挿れて……」

しどけなくねだり、差し込まれた指を締めあげる。男の笑った気配がした。それから、凛々しい裸体が起きあがり、トウマにのしかかる。

「あ、あぁ……」

感嘆の声がくちびるから溢れ、枕を握り締めてのけぞった。そして、ゆっくりとまぶたを開く。

トウマはぼんやりと、天井を見た。

背中をしならせているが、服は着ているし、リカルドの重さも感じない。

夢と現実が交錯して、ようやく、自分が昏倒してしまったことに気づいた。

取り返しのつかない失態だ。両手で顔を覆い隠し、タオルケットの中で小さく丸まった。

淫夢の名残は腰にとどまり、薄いボトムスを押しあげている。

トウマが着ているのは、ダブルガーゼのパジャマだ。自分のものではなく、サイズも大きい。

そして、のろのろと起きあがって見渡した部屋にも覚えがなかった。

リカルドを頼って意識を手放したことは記憶に残っている。しかし、ここは、彼のペントハウスではない。

天井の高い部屋は広く、大きな掃き出し窓がある。間接照明の淡い光に照らされ、バルコニーが見えた。その先は崖になっているのか、月影の浮かぶ海がほのかに美しい。

しばらく見とれて、息を吐き出した。

夢うつつに聞いたリカルドの声を思い出す。出かけてくると、そう言っていた。

トウマは、行かないでと繰り返して手を伸ばし、指先にキスをされているうちに眠りに落ちたのだ。思い出すと、頭を掻きむしりたくなる。しかし、後悔に身を揉む元気はまだなかった。

本調子とはほど遠く、身体はまだ火照っていて重だるい。それでも、クラブにいたときよりはずいぶんとマシになっていた。

渚《なぎさ》を眺めるために高く作られた寝台から注意深く下りて、部屋を出る。

廊下は明るく、まっすぐに延びていた。

リカルドの別宅だろう。廊下の真ん中はガラス張りで、建物がコの字になっているのがわかる。建物に囲まれた庭にはプールが見えた。

ガラスの反対側は吹き抜けで、玄関のエントランスが見下ろせる。端に階段がある。

トウマの寝ていた部屋のそばにあるドアはすべて鍵がかかっていて入れず、廊下の向こうも同じだった。階段の下のエントランスも広々としていて、リビングへ続く大きなドアは左右に開いている。真正面もガラス張りで、プールが見える。リビングには入らず、ドア前を左に進む。

トウマがいた部屋は景色がよかった。ならば、メインベッドルームもその方向にあるのではないかと考えたのだ。

どの部屋よりも鍵のかかっている可能性が高い。試しにとひねったドアノブはあっさりと動いた。

足を踏み入れると、そこにだけ生活感があった。ペントハウスの寝室とは比べものにならないほど、リカルドの気配がしている。

右の壁一面の本棚には、ぎっしりと本が詰め込まれ、背表紙はそっけないものが多い。内容はさまざまだ。読んだ順番に差し込まれているようで、雑然としている。

そして、そばに置かれたソファとフットレスト。飲みかけのボトルと読書灯。

視線を転じると、薄いレースの向こうにベッドが置かれていた。ラベンダー色のベッドリネンは寝乱れ、枕が散乱している。枕元にはやはり、本が置かれていた。ソファやベッド端には脱いだままの服がかかっている。

ベッドの正面は大きなガラス戸で、向こうは海だ。

景色を眺めながら、トウマはベッドの反対に回る。扉のない飴色《あめいろ》のラックの上に、古いレコードプレーヤーが見えた。下にはレコード盤が詰まっている。

ターンテーブルに置かれているジャズのレコードを覗き込み、トウマは指先でデッキの端を撫でた。

この家は、リカルドの『自宅』だ。

部屋を振り向き、端から端までを眺めた。胸いっぱいに感じる匂いは、ヒートに翻弄されたトウマの身体を不思議と落ち着かせる。

それと同時に、いままで感じたことのない衝動が呼び起こされた。

真顔のトウマは、床に落ちている服をむんずと掴んだ。あちらへこちらへと歩き回り、置かれた服を集めていく。

ベッドの真ん中に投げ、枕やクッションも集めた。思い詰めた顔でベッドに上がり、枕やクッションの中で顔を伏せるようにうずくまってみる。下敷きになっているのは、リカルドの衣服だ。

深呼吸をすると、胸の奥がジンと痺れ、甘酸っぱい感傷が溢れる。

せつなさを感じ、今度はコンフォーターカバーのかかった上掛けを引っ張った。丸めて衣服の上に置いたが、納得できなくて衣服を取り出す。隣によけておいて、まず上掛けで下地を作る。

そこに衣服を乱雑に置き、自分の入るスペースをクッションで囲う。そこへ身を横たえ、少しずつ微調整を加えていく。リカルドの残した匂いが、膝を抱えて丸くなったトウマの身体を包み、ヒートの熱が穏やかになっていく。

あとは、アルファに抱かれるだけだ。

そう思い至り、トウマは手にした肌着へ顔を伏せた。

どうにもならない想いだが、身を任せればたやすい。自分のオメガ性を受け入れるだけのことだ。

せつなさの理由に気づいたトウマはいっそう小さくなる。

「……トウマ。ここにいたのか」

ひっそりとしたリカルドの声がして、肩がびくりと揺れる。

二階の部屋から慌てて探しに来たらしく、リカルドは息を切らしていた。

「『巣作り』をしていたんだな」

ベッドがきしみ、リカルドが近づいてくる。

優しげに声をかけられ、トウマは真っ赤になった。気づかれたくなくて、顔を背けて目を閉じる。

「眠ってはいないんだろう。……トウマ……」

そっと肘を押され、もう片方の手で振り払う。

「服を、脱いでください」

顔は伏せたままで指を上に向け、寄越せとばかりに動かす。『巣作り』はオメガの習性だ。ヒート期間の不安定な心を落ち着けるため、特にアルファが不在のときに作られる。

「シャツでいいかな」

そう答えるリカルドの声が浮かれて聞こえ、トウマは肩越しに鋭い視線を向けた。

嬉しそうなリカルドを目の当たりにして、鼻の奥がツンと痛んだ。しかし、ツンケンした態度でシャツを奪う。本当は、もっと濃い匂いのものが欲しいのだが、下着を寄越せとは言えず、脱いだばかりのシャツを喉元に抱き込んだ。

「出ていって、ください」

強い口調で言ったが、鼻孔をくすぐるリカルドの匂いは、うっとりするほど心地がいい。抱き締められたら、どれほど落ち着くだろうかと思ったが、リカルドが不在の間に考えたようには受け入れられなかった。

抱かれるのは嫌だと、心のどこかがストップをかけてくる。素直になって欲望を受け入れるのは簡単なことだ。けれど、そうしてしまったあとの後悔や絶望も、トウマは背負っていかなければならない。

リカルドが優秀なアルファだとしても、トウマをつがいにするかどうかはわからず、良いパートナーになれるはずもなかった。

「出ていってよ」

繰り返すと、リカルドはベッドから下りた。そろそろと離れる気配がして、

「ここで、本を……」

「向こうで……ッ！」

トウマは叫んだ。

「わかったよ。リビングにいるから」

リカルドはおとなしく引き下がり、部屋を出ていく。しばらくすると、開けたままのドアをノックする音がして、声がかかった。

「……あのあと、きみの友人に声をかけられた。ヒューゴという男だ。知り合いで間違いないか」

サポートは頼んでいなかったが、トウマの行動を見張っていたのだろう。

「きみの意識が戻ったと連絡しておく。……気が済むまでいてくれ」

どんなつもりがあって、そう言うのか。

リカルドの思惑を知りたくないトウマはくちびるを噛んだ。

ヒートの暴走が治まり、受け入れさせるタイミングを待っているとしか思えない。

主導権をすっかり奪われ、悔しくてたまらなかった。

もういっそ、ヒューゴに迎えを頼もうかと考える。けれど、身体は動かない。

巣の中にすっぽりと収まった身体は、リカルドの匂いに包まれ、安心感に浸っている。じんわりと兆す熱に浮かされ、トウマは浅い息を吐く。

遠く、リビングから音楽が聞こえ始め、やがて眠りに誘われた。


眠りは浅く、また夜のうちに目が覚める。身体を起こし、ぼんやりと外を見る。月が動き、海面に黄金の帯を延ばしていた。

メインベッドルームの室内は眠る前よりも暗く感じられ、外の方が明るいぐらいだ。

「トウマ……」

開けたままのドアがノックされ、柔らかな声で呼びかけられる。

おそらく何度も様子を見に来たのだろう。寝起きの機嫌を伺うようにリカルドが顔を出す。

部屋の照明を暗くしたのもリカルドに違いなかった。

「林檎《りんご》のコンポートを食べないか。ほどよく冷えたところだ」

手にトレイを持っている。

「食べたくない」

トウマは首を振る。胸がいっぱいで、食欲はまるでない。

「ひとくちでいいから食べてみてくれ。蜂蜜《はちみつ》で煮たんだ」

「……あなたが作ったんですか」

驚いて尋ねる。トレイを片手に持ったリカルドは、ベッドの一部分を平らに整え直した。

「ヒートの間は、コンポートが効くそうだ。気持ちが落ち着く」

「そんなこと、どこで……」

「ネットはなんでも教えてくれる」

明るく笑ってベッドに上がる。トウマと距離を取り、平たくした場所へトレイを置いた。

飴色に煮詰まった林檎のコンポートと、フォーク。それから、濡らしたタオルが載っている。

「自分で食べられるなら……」

小皿とフォークを差し出されたが、トウマは首を振りながら身を引く。

「食べたくない」

胃の奥が二日酔いのようなムカつきを覚え、顔を背けた。

「放っておいてください。朝になれば帰ります……」

「抑制薬なら手に入れる」

「ぼくの処方は特別なんです。ご心配なく」

「心配するよ……。トウマ」

名前を呼ばれ、胸の奥がせつなくなる。空腹すぎて力が入らない実感はあり、そのせいで心まで飢《う》える。

巣作りをしたあとのオメガに食欲がないときは、果物のコンポートをアルファの指で食べさせるのがいいと、ネットにも書かれているはずだ。

「口を開けてごらん」

タオルで指を拭ったリカルドが林檎をひとかけら摘まんだ。見た途端、トウマは空腹を覚える。

口元へ運ばれ、吸い寄せられるように身体が傾く。ベッドに両手をついて顔を近づける。そっとくちびるへ押し込まれ、その甘さにうっとりと目を閉じた。

蜂蜜の甘さと、林檎の甘酸っぱさ。そして、アルファの匂い。

「少しでも食べておけば、早く回復する」

咀嚼《そしゃく》して飲み込んだタイミングを見て、リカルドの指がまた運んでくる。トウマは素直にくちびるを開き、二度、三度とコンポートを受け入れた。

リビングから聞こえていた音楽も止まり、部屋の中に音はない。窓を開ければ聞こえてくるだろう潮騒を想像して、トウマはそっとリカルドの指を見た。

同じ男なのに、トウマとは違う太い指だ。そして、形良く、長い。

「……ヒューゴと、なにを話したんですか」

ふいに気にかかった。リカルドが保護すると言っても、素直に引くはずがない。

「少しばかり、取引を……ね」

「データですか」

「きみと引き換えに？　それはないね。彼とやり取りすることじゃない」

静かに微笑み、リカルドははっきり言った。

「誰にでも弱みはあるものだ」

「そんなことまで調べていたんですか。……ヒューゴの、弱み？」

「相棒にも話せないことかも」

思わせぶりに言ったリカルドは、もうひと摘まみ、コンポートを運んだ。タイミングが合わず、トウマのくちびるがコンポートごと指先を挟む。リカルドは待っていたかのように、指を引かなかった。

トウマの舌が蜂蜜に濡れた指先を舐め、ちゅっと音を立ててくちびるが離れる。

そんなつもりのなかったトウマは、自分のくちびるを押さえて顔を伏せた。

「わざと、だ……」

自分が吸いついたのだが、指を引かなかったリカルドのせいにする。口惜しくて、恨みがましい声が出た。

「……そうじゃないよ。きみに見惚れてしまった……。シャワーは浴びたくない？　着替えは？」

矢継ぎ早に聞かれ、

「そのシャツも、置いていって」

本心が口を突いてしまう。柔らかそうなカットソーだ。リカルドが脱いだのを受け取り、膝の上でギュッと握り締めた。

「水は枕元に置いてあるから」

上半身裸になったリカルドはベッドを下りた。トレイを持ちあげる。

すぐに出ていこうとする背中を、トウマは目で追う。引き締まった背中は形が良く、いますぐにすがりつきたい気持ちになる。

抱き締められて、あの匂いを直に感じることができたらどんなにいいだろうかと思う。けれどできない相談だ。ため息をつき、着ているパジャマを脱いでリカルドのカットソーに着替える。まだ体温の残る服に包まれ、ころりと転がった。小さく丸まって、口の中に残るコンポートの甘さを辿り、リカルドのかいがいしさを想う。

寂しさに涙が滲み、ままならない自分の身体を哀しく持て余す。あともう少しこらえたら、ヒートも落ち着くはずだ。そうしたら、自宅に戻ってベッドに潜り込む。

そして、今度こそ、本国へ帰ると決めた。


ひたひたと廊下を歩き、トウマはリビングへ向かう。

身体は頼りなく揺れ、目はうつろに宙を見つめる。まるで夢遊病者のように、薄闇の中を歩いていた。

リカルドの姿は、プールと海を眺めるリビングの大きなソファの上にあった。クッションを枕の代わりに眠っている。

トウマが近づくと、人の気配を察して飛び起きた。

「……そうか、きみか。どうしたの」

優しい声に呼び寄せられ、リカルドの足が伸びているソファの端に腰掛けた。

触れてこないリカルドを見つめ、ぐっとくちびるを引き結ぶ。我慢してこらえようとしたが無理だった。こっそり抜け出そうとも思ったが、それもできず、結局は匂いに引かれて来てしまったのだ。

トウマはなにも答えず、ソファの座面に手をついた。上半身を傾けていき、リカルドの胸に額を預ける。

自分がしていることを認識しながら、止める理由が見つからない。

この瞬間を待っていたはずだと、リカルドを責めて睨む気でいたのに、抱き寄せられてすべてが霧散する。残るのはただ発情の熱に浮かされるオメガの本性だけだ。

見つめ合った瞬間にくちびるが重なり、トウマは素直にくちびるを開いた。自分から舌を差し伸ばし、ねっとりと吸いあげられる悦に浸る。

身体がぞくぞくと震えるたび、ヒートフェロモンが溢れ出す。煽られたリカルドの匂いも濃くなり、トウマはうっとりと目を閉じた。

「知っているか」

リカルドが小声で話し始める。

「……愛情が、オメガとアルファのフェロモンを増幅させる。ヒートは、それを誘発する仕掛けだ」

話すリカルドの指で身体をまさぐられ、トウマは細くまぶたを開いた。

「あなたはそうでもないでしょう……。だって、冷静だ……」

自分ばかりがおかしくなっているのだと、言葉にせずに訴える。

「人の気も知らないで」

手を引かれ、向かい合ったリカルドの股間にあてがわれる。そこはくっきりと硬かった。

「……きみが来てから、ずっとこのありさまだ。察してくれ……」

「林檎を煮ている間も……？」

トウマが笑うと、リカルドの鼻先が顔に近づいた。互いの鼻がこすれ合い、くちびるがまた重なる。

「きみは笑っているときが一番、きれいだ」

「澄ましているときがいいと、言われるけど」

「見る目がないな」

舌にくちびるを舐められ、ソファの背に追い詰められる。覆い被さってきたリカルドの手が、カットソーの裾をまくりあげた。

「ん……っ」

忍び込んだ手に胸の突起を探られ、トウマは首筋をそらしてのけぞる。

「気持ちいい……？」

「……んっ、ん……」

答える代わりに、トウマは腰をわずかに浮かす。リカルドはすかさずボトムスに手をかけた。引きずり下ろされ、太ももに布が溜まる。男の手が、下着越しにトウマを押さえ、淫らな手つきで形をなぞった。

「あぁ……っ」

いやらしさに耐えきれず、トウマは身をよじった。分身がビクビクと脈を打ち、布の下で悶えるように大きくなるのがわかる。

「リカルド……」

泣きたくなりながら手を伸ばし、リカルドの股間に触れた。片膝をソファにつき、リカルドがイージーパンツをずらす。すでに隆々と勃ちあがったものが跳ね出て、トウマは身を屈めた。くちびるを寄せようとしたが、リカルドの手に阻まれる。

「……ダメ？」

不安になって見上げると、身を屈めたリカルドのキスが額へ押し当たった。

「きみは、流されてる。……私も、そうだ」

苦しげな表情を前にトウマの心は痛んだ。それでもリカルドの熱に指を絡め、根元からゆっくりとこすりあげる。

見つめ合うと、互いの匂いが強くなり、欲情が甘く爛《ただ》れていくのがわかる。求め合うために生まれたふたりだ。

アルファとオメガ。抗えない運命がそこにある。

「……あなたが、欲しいんです。初めから、わかっていたでしょう」

「わからない」

そう言われて、トウマは傷ついた。怒った顔でリカルドを見る。

「トウマ。……私を、きちんと見てくれ。アルファとしてではなく、個人として」

訴えかけるリカルドの言葉に、トウマの瞳は潤む。

「触って……、リカルド」

「きみが、私を見てくれたら、そうしよう」

布地の上からトウマを撫でていた指が離れかかり、

「……ちがっ」

慌てて引き寄せた。片手にリカルドを握ったまま、必死に見つめる。

「きみに優しくすることと、バース性は別だ」

「わからない」

今度はトウマが首を振る。なにがいけないのか、わからなかった。

心から欲して見つめている。こんなにも惹かれ合っているのに、素直に受け入れてくれない理由が見つからず、トウマの瞳から涙がこぼれる。

奪われてもかまわなかった。もう、我慢する自信もない。

「あなたが、好きだ……」

「本当に？」

リカルドの甘い声がキスに変わり、くちびるが塞がれる。

指が下着の中に忍び入り、直に握られた快感にトウマは目を閉じる。うっとりとしたくちびるが震え、手にしたリカルドに顔を近づける。

押しとどめようとする手を振りきり、先端にくちびるを押し当てた。すると、昂ぶりが大きく跳ねる。

「ん……ふっ……ん」

すべてを口に含むには逞しすぎる大きさだ。両手で包んで舌を這わせ、先端だけを口の中に誘い込む。

「……トウマ」

感じ入った声が降りかかり、トウマは目を閉じたまま、行為に耽る。濡れた音も、乱れる息づかいも、恥ずかしいとは感じなかった。

自分の身体から溢れ出るヒートフェロモンは、強烈に欲情を呼び起こす。

「口を離してくれ。……っ、もう、出る……」

しばらくの愛撫ののち、リカルドの手があごの下に回った。くちびるから先端が引き抜かれ、リカルドは自分の手で最後を促す。顔にかけられるのかと思ったがそんなことはなく、リカルドは自分の手のひらに射精して果てた。

「どこまで、私の理性を試したら気が済むんだろうな。きみは……」

肩で息を繰り返したリカルドが、手のひらをイージーパンツで拭って身を屈めた。トウマの下半身から下着ごとボトムスを脱がす。

「あ……、して……」

うっとりとねだるトウマは、もう快感に堕ちていた。リカルドのオスの匂いが移った自分の指を口に含み、舌を絡めながら引き抜く。

濡れた指で自分自身の屹立《きつりつ》を押さえ、裏筋を晒した。

「ここ……」

もう二度と、リカルドとは抱き合うことはない。これきりの関係だ。そんな気がして、快感を逃せなかった。

　アルファのフェロモンに堕ちるのもこれ限りだと決めて、メインベッドルームを出てきたのだ。リカルドなら優しくしてくれると思えた。彼以外の誰も、初めての男にしたくない。

　リカルドだけが特別だ。

「トウマ。きみの望むことは、なんでも叶える。……好きになってくれるなら」

　ささやくリカルドの声は苦悩に満ち、それがたまらないほどに色っぽく感じられる。

　トウマは熱っぽく息を弾ませた。

「好き、だよ……。そう、言って、る……んっ。はっ……ぁ」

　舌が裏筋を這い、指がカットソーの上から胸を探る。トウマはその手を掴み、感じさせて欲しい場所に誘った。

「あぁっ……ん」

　布の上から押されただけでも痺れるほどに気持ちがいい。だから、布地をたくしあげた。

「きもち、いっ……あっ、リカルド……あぁっ」

　熱い指が尖りを弾き、こりこりといじられる。

　その動きに合わせ、舌も艶かしくトウマの熱をなぞる。すぐに快感が募り、トウマは抗うことなく腰を動かした。本能のままに淫らに、熱の解放をねだる。

「いいっ……あ、あっ」

声をあげて身をよじり、リカルドのくちびるに包まれて果てる。昂ぶった熱が弾け、トウマの身体は足先まで緊張した。どく、どくっと脈を打って精液が溢れ、リカルドの唾液に混じっていく。

「……あっ。まだ……」

くちびるが離れ、リカルドが身を引くのを感じたトウマは、慌てて呼び止めた。

「ここに……ください……」

息を乱し、喘ぎながら、自分の指を這わせる。オスの象徴のさらに奥。リカルドと繋がるための場所だ。

「初めてを……」

そう言っただけで涙が溢れ、トウマは手の甲でくちびるを覆った。

抱かれても先はない。自分は一生、この男を引きずって生きる。

わかっていても、彼が欲しかった。

「泣いてるきみは、抱けない」

「いや……ダメ……」

こめかみに口づけてかわそうとする男の服にしがみつく。

「欲しい。あなたが。どうしても」

言葉を重ね、逞しい頬を両手で包んだ。

「つがいにしてもいい。噛んでもいいから……っ」

今夜の興奮の中でなら、噛まれたトウマはつがいになるだろう。想像するだけで身体が燃え立ち、震えが止まらなくなる。

「リカルド……、リカルド、お願い……だから」

まるでうまく誘えず、トウマは懇願してしがみつく。声に嗚咽《おえつ》が交じり、泣き声になる。

「……トウマ」

ささやきが耳元で溶け、リカルドの指が奥へと這う。ホッとしたトウマは泣きながら、足を開いた。唾液で濡れた指先がつぷりと刺さり、圧がかかる。

「ぁ……あっ」

「トウマ。きみは、忘れるかもしれない。でも……、私は愛しているんだ」

なにを言われたのか、トウマには考えることもできなかった。理解しようとしない会話は、ただの音だ。

リカルドの指は太く、それだけでトウマの理性の糸が切れる。

「うっ……ん、ん……あ、ぁっ……」

「もう一度、達してごらん。ここで。……今夜は、いくらでも、指でイくといい」

「あっ、あっ……」

唾液で濡らしただけの指でも、ヒート中の身体はすんなりと受け入れる。おのずと濡れてくるからだ。やがて淫らな水音が立ち、狭い内壁をえぐるような指の動きに翻弄され、トウマは激しく喘ぎ出す。

「……リカルド。リカルド……ッ」

求めて呼ぶと、胸に吸いつかれた。敏感な尖りが熱い舌先に転がされ、めまいに、めまいが重なり、下腹が重鈍くなっていく。募った快感は出口を求めてさすらい、ふたたび勃起してきたシンボルの先端が濡れる。

「あっ……、い、やっ」

初めての感覚に戸惑うトウマは、リカルドの髪に指を潜らせ、ぐちゃぐちゃに掻き乱して耳を掴む。それから、身を屈めた。

「やっ……なん、か……っ。くるっ……あっ、いく、いくっ……」

股間に触れようとした手を止められ、腰だけがくいくいと前後に動いた。

「うっ、く……っん、んー、んっ。……あっ、あっ……」

膝が動き、足が滑る。トウマは自分の両膝の裏を抱え、渦を巻いて溢れ返る熱に身を任せた。気持ちよくなりたくて息が途切れ、腰がうごめき、身体の奥を撫で続けるリカルドの指を締めあげる。

「……んー。んっ。あぁッ……」

腰がびくんと揺れ、触ることを許されなかったシンボルから溢れた白濁が飛び散る。

「あっ、あっ……。とめ、っ……」

リカルドの指は容赦なく、指を増やしてさらにうごめく。

トウマは泣きながら、リカルドの頭部を掻き抱いた。

「挿れて……っ、もう……っ。リカルドが欲し……っ」

そこまで言っても、リカルドは動かない。

「心が繋がるまで、きみを抱かない」

リカルドの声は低くかすれ、荒々しい息がトウマの頬に当たる。

「バース性なんかで、きみの人生を縛らない」

言われた言葉の意味はわかった。その愛情深い優しさも、泣けるほどに愛しい。

それでも、トウマはオメガだ。身をよじってリカルドを求める。

初めてのアルファ。薬の効かないヒート。何もかもが、リカルドでよかったと思う。

流されるふりで、トウマのすべてを受け入れてくれる。そんなリカルドだから、好きだ。

アルファだから好きになったなんて方便では、もう自分を騙せない。

「リカルド……ッ。リカルド、離さないで……っ」

叫ぶ声が尾を引き、続けてやってくる快楽にトウマはのけぞる。目の前に星が散って、互いの指が絡んだ。

「ここに、いる……きみのそばに」

男の声に深い情感が滲むのを、トウマは遠ざかっては引き戻される意識の中で繰り返し、思い出した。


何度も何度もリカルドの指で絶頂を味わった身体は、まだ淫欲の余波を残してせつない。

けれど、トウマはベッドから下りた。リカルドは、トウマが作った巣の中で眠っている。ソファから移動したあとも、ふたりは絡み合って互いを貪った。

リカルドが挿入することはなかったが、何度か頂点に達し、精を放っていたと思う。トウマの記憶は途中途中が曖昧《あいまい》だ。

全裸の身体は情事の残滓ひとつなく、ふたりで最後に浴びたシャワーを思い出す。そのあとでまたベッドに倒れ込み、どこということもなくいじり合って眠りに落ちた。

まるで恋人同士のようだ。リカルドは互いの額を合わせたがり、鼻先をこすり合わせては笑っていた。

時が止まればいいと願ったトウマは、何度か泣いた。そのたびに涙を吸われ、それが嫌だとリカルドを押しのけた気がする。

着て帰る服を探そうとしたトウマは、手近なイスに気がついた。

シャツと上着がイスの背にかけられ、下着とボトムスは座面に置かれている。そして、イスの足のそばにはスリッポンが一足。

身に着けると、トウマの身体にぴったりのサイズで驚いた。いつの間に揃えたのかと思って、振り向く。林檎を買いに行ったついでなのか。もっと以前から置かれていたのか。

想像すると胸が詰まった。

バース性を否定していたリカルドの言葉を思い出したからだ。

ありのままのトウマを求めるのと同時に、リカルドもまた彼自身を見て欲しいと願っていた。

それはもう叶っている。

けれど、それだけだ。できないこともある。

スリッポンを履いたトウマは、足先に異物を感じて中を確かめた。小さな電子記録媒体が出てくる。

中を確認するまでもなく、裏カジノのデータだとわかった。

一緒にシャワーを浴びたとき、リカルドから持って帰るようにと言われていたからだ。トウマは本気にしなかった。

目的を達成したら、ふたりの仲は終わる。

ふざけていろいろなことを話したのに、協力者になる話は微塵も出なかった。だから、受け取るのをためらってしまう。

これからもトウマは任務に就く。男女かまわずにハニートラップを仕掛け、キスをして、身体を探り合い、フェロモンコントロールで理性を奪う。

リカルドとつがいになってしまったら、オメガであるトウマの身体はきっとアルファのものになる。そうしたら、フェロモンコントロールの精度が下がるかもしれない。

身を切るほどに焦がれているのに、トウマには飛び込めない。リカルドに何度もイカされ、冷静さを取り戻した頭で考えれば、答えはもう簡単だ。

ヒート中でなければ、やはりアルファのものになりたいとは思わない。

それでも、トウマはリカルドが好きだ。

優しくて、我慢強くて、凛々しくて、ゴージャスでリッチで、セクシーで、誰よりもトウマそのものを愛してくれる男。

彼以上の存在には二度と会えない。わかっているから、トウマは電子媒体を手のひらに握り込んでその場をあとにする。

涙が溢れ、視界が揺らぐ。

愛に生きることと、自分自身を生きることは両立しない。どんなに愛しても、添えないことはある。

涙を拭いもせず、流れるに任せて玄関を出た。高い塀に囲まれた敷地を門まで歩く。

車用の出入り口は開錠できなかったが、その脇に小さな出入り口があり、そのドアは手動で開いた。

外へ出ると、知っている車が見えた。ヒューゴの姿が確認できる。朝が白々と明け始めているることに、トウマはようやく気づく。

ヒューゴは声をかけてこず、トウマも車には近づかずに歩き出した。ここがどこなのかは知らない。けれど、いまは歩いていたいのだ。

身体に残るリカルドのくちびると指の感触が、海風に撫でられ溶けていく。

出会えただけでも幸福だと、そう言えたらいいと思う。

けれど、そんなことは理想論だ。

トウマは動けず、その場にうずくまるようにしゃがむ。ほかに建物もない簡素な道の端で、声をあげて泣く。

抱いて欲しかった。すべて奪って、彼のものにして欲しかった。

けれど、後悔の中で引きずり込むことを、あの男は良しとしない。

自分を見て欲しいと言った声の切実さがいまになって胸に迫り、トウマはもっとちゃんと見つめればよかったと思う。これきりになるのなら、欲望に溺れずに彼を見つめたかった。

すべては叶わない夢だ。

だから、いまは泣くしかできなかった。

【5】

陽気なサマーシーズンでも、物憂い顔を探すことに苦労はしない。

うまくいかない恋は、いくらでも、どこにでも転がっているからだ。

トウマが日常を取り戻すことは、さして難しくはなかった。そもそも、自分の感情にけりをつけて生きていかねばならない仕事だ。

太陽光の降り注ぐ海辺の遊歩道を歩きながら、強く吹く風に飛ばされそうなストローハットを押さえる。


「え。マジで」

と四日後に会ったヒューゴはのけぞった。

海沿いのカフェで買ったサンドイッチを手に、トウマのアパートメントの前を偶然に通りかかったのだと言った。そんなことは単なる方便だ。心配を募らせたことはわかっている。

そのヒューゴは、憔悴《しょうすい》したトウマの話に目を丸くした。

「いや、確かに……。手を出すことはないって言われたけど、言われたけども。マジで。なに、それ。もしかして、インポ……」

下品なことを言い出すヒューゴをきつく睨み据える。

トウマはベッドの上で、壁にもたれて座っていた。ようやくヒートが終わり、身体の調子が戻りつつある。

「あのときのおまえ、フェロモン、ダダ漏れで……凄かったんだけど」

「……そんなぼくを、よくも預けたな」

「離れなかったのは、おまえだよ」

組んだ足に頬杖をつき、ヒューゴはそっぽを向く。

「弱みを握られてるんだろう」

トウマが言うと、

「……はぁ？　誰の弱み？　俺には、んなものはありませーん」

ふざけたヒューゴは、ベッドに広げたサンドイッチを手に取ってかぶりつく。

「まぁ、あれだな。革新的なアルファっていわれてる奴らは、バース性を否定してるっていうから。あの男も、それかもな」

「かもしれない……」

「正直、噂だけの作り話だと思ってたケド。……オメガのＭＡＸフェロモンをもろに食らって我慢できる奴なんて信じられない」

「信じなくてもいいけど、つがいにされなかったことは確かだ」

「……できたのにしなかったなら、本気で惚れられてるってことじゃないのか」

冗談を滲ませながら、ヒューゴの目は本気だ。

ヒート中のトウマを、ただ離れて見守っていただけとは、さすがに思っていないだろう。

「そういうこと、言うなよ」

抱えた両膝に顔を伏せ、トウマはゆるゆると息を吐き出す。

オメガが愛情を持ち、興奮を募らせていたのなら、つがいにするのはたやすいことだ。がぶっと首筋を噛めばいい。

「マフィアの幹部とスパイだ。どうにもならない……」

口にすると胸が痛む。

「おまえはな、そういうタイプだよな」

アルファのつがいになって囲われるなんて望んでもいないし、仕事に生きて死ぬと決めている。恋をしても変わることのない想いだ。

リカルドの存在が負けたわけではなく、それとこれとは次元が違う。それなのに、並立もしない。

「仕事が終われば、他人だ」

自分自身に言い聞かせるように口にして、トウマは目を伏せた。

あの日、リカルドの別宅から持って出た電子媒体には、裏カジノの顧客データが入っていた。

「しばらく、本国へ戻る」

トウマの言葉に、ヒューゴは深くうなずいた。

「それがいい。またスポットの任務で会おう。……食べないのか？」

サンドイッチを勧められ、トウマも手を伸ばす。安心した顔で、ヒューゴは両手を突きあげた。唸《うな》りながら、背を反らす。そして言った。

「それにしたって、抑制薬が効かないなんてことがあるか？　機関が用意したんだろ」

「強めのものに切り替えたところだったから」

「ひとまず、次のヒートが来るまでは現状維持の服用が鉄則だろ。モリスか？」

「うっかりしたのは、ぼくだ」

「そこをうっかりさせないようにするのが、統括官の仕事じゃねぇのか。ほんっとうに信用ならない」

「……そう言うなよ」

苦笑いを浮かべ、トウマはサンドイッチにかじりついた。


それが一週間前の話だ。

ヒューゴと会ったあとも、データの精査が終わらず、引き続き待機を言い渡されていた。

遊び歩く気にもならず、今日に至るまで、アパートメントの近辺をぶらついて過ごした。食事は住人たちと一緒に、路地へ出されたテーブルで済ませている。

沈んだ顔をしていたのかもしれない。毎度毎度呼び出され、ひとりでいるのも退屈だから交じって過ごした。

朝のクロックムッシュと、昼のサラダ。夜は大皿のパスタだ。いつでもサングリアは冷えていて、誰もが陽気で、誰もが胸の内を隠している。

指でつついたなら、哀しい話はいくらでもこぼれ落ちるだろう。そう思わせるだけで、じゅうぶんに癒《い》やされた。

彼らへのお礼も兼ね、今朝は朝市へ足を運んだ。新鮮な野菜とハーブを買い込み、赤ワインを一本、片手にぶらさげた。

リカルドを知らなかった頃の自分に戻っていくような気がして、足取りは軽く、胸もすっきりと凪《な》いでいる。

白波が立つ海は、空を映して青く、きらきらと輝く。

岬《みさき》の突端を目にすると、きゅっと胸が詰まった。

崖の上の家で過ごしたひと晩が身に迫り、滲んだ涙はストローハットのつばで隠す。

戻ったような気がするだけだ。彼の愛情を知らなかった自分もまた遠くへ流され、二度と会うことはないだろう。

作り替えられたままの心を抱えて、トウマはこの先も生きていく。

考えるたびに泣きたくなって、自然と視界が潤む。それでも、たかが、それだけのことだ。つがいとして愛玩されたあと、適当な理由でないがしろにされるよりはよっぽどいい。

足早にアパートメントへ戻り、談笑している住人たちに買い物の荷物を渡す。なによりも喜ばれるのはワインだ。紙袋の中から林檎をひとつ取り、ランチの約束をして別れた。

階段を駆けあがって、部屋のドアの前に立つ。鍵を差し込んで回すと、ロックがかかった。確かに鍵をかけたはずだと思いながら、鍵をもう一度差し込んで回す。

それからゆっくりと中へ入った。大家が勝手に鍵を開けてしまうようなアパートメントだから、用心しても、しきれないことは知っている。

けれど、建物へ出入りする不審者がいれば、路地でたむろする住人たちが咎めるはずだ。

トウマの部屋は、ドアを開けたすぐそこがリビングで、奥がベッドルーム。ドアが開くと、風が動いた。

窓辺に座っていた男が悠然とした仕草で振り向き、トウマは驚かなかった。予感はあったのだ。

ジャケットとボトムスは、生成り色のセットアップ。組んだ足は長く、デッキシューズを履いている。その先端を見つめるトウマは、波に遠く押し流される木の葉になった気がした。

骨張った剥き出しのくるぶしが男らしくて色っぽい。

風とともに振り向いていたリカルドは、指先で前髪を掻きあげた。

「不法侵入って言うんですよ」

ベッドルームのドア口に立ち、腕組みをして睨み据える。

「大家が入れてくれたんだ」

「チップを渡したんでしょう。買収、って言いませんか」

「そんなこと、彼らには通用しないだろう。きみの知り合いだって言ったら、質問責めに遭ったよ。……試験に合格したんだ」

「ランチに誘われました？　さすがに、断ってくださいね」

言いながら、出ていくように手のひらで促す。リカルドは立ちあがり、ゆっくりと歩《ほ》を進める。

「ストローハットが、かわいいね」

戸口に立つトウマのハットに手を伸ばす。

「これ以上、あなたに用事はないんです」

すげなく言って、はたき落とした。ハットのおかげで顔を見ずに済む。

「ぼくは次の任務に入ります。いつか、ここへも戻ってくるかも……。だから、二度と関わらないでください」

「きみが忘れても、私は忘れられそうにない」

「だから、なんですか」

顔を上げて睨みつけると、ハットのつばが押しあげられた。

「あのデータは、誰を経由して機関へ渡るんだ。きみは、提出したんだろう」

「……しましたよ」

意味がわからず、トウマは眉をひそめる。手首につけているのだろうリカルドの香水が鼻先をくすぐり、知らず知らずにかかとが浮きあがる。

失ったつもりで忘れた気になっていても、心の奥深くにリカルドは刻まれている。

初めて好きになった人だ。

一途さがオメガの特性だとしたら、トウマは心底から、自分の性《さが》を愛しく思う。この人を忘れずにいられる才能は心のよりどころになるだろう。

「さようなら。リカルド・デルセール」

すっと身を引いてベッドルームへ入り、リカルドを押し出した。ドアを閉めようとした瞬間、手首を掴まれる。

トウマはさらにあとずさった。床に落ちたハットを踏んでしまい、動きを止める。

ドアはほとんど閉まり、掴まれた腕だけを出したトウマは身を隠す。差し伸ばした手の先にリカルドの息がかかる。

押し当たる体温はくちびるだ。トウマはするりと引き抜いた。ドアを閉めて、沈み込む。

こらえた涙がまた溢れて止まらず、リカルドを感じた手の甲をくちびるへと押し当てた。甘いさよならのキスだ。わざわざ、別れの挨拶にやってくる相手が憎い。

けれど、好きだ。

耳を澄ますと、リビングを横切って遠ざかる靴音がした。やがてドアが閉まった。

＊＊＊

デスクに手をついたモリスが立ちあがる。不機嫌な視線は事務所に来る前からとっくに覚悟していたことだった。

「今日、本国からの連絡があって驚いたところだ」

その手には折りたたんだ紙がある。

サンドラを離れることを決めたトウマは、直属の上司であるモリスを飛び越して、本部に転勤願いを出したのだ。異例中の異例。ルール違反スレスレだが、留め置かれるよりはよっぽどいい。

「こんなことをしたら、サンドラに戻ってこられなくなるぞ」

「そのつもりです。アパートメントも引き払います」

毅然《きぜん》として言い返すと、モリスの表情が曇った。

「どういうことだ。ここを抜けて、別のチームへの転属依頼を出したということか」

「それは機関が決定するでしょう。ぼくは本国に帰って、休暇を取ります」

「トウマ。きみの上司はわたしのはずだ。うまくやれていると思っていたが、違うのか。相談してくれてもいいだろう」

モリスがデスク沿いに歩き、腰の後ろに両手を回して立つトウマの前に来る。

「なにが問題だ。きみがしくじったつもりでいるとしたら、わたしの評価はまるで逆だ。わかっているだろう」

トウマは任務を遂行したのだ。リカルド・デルセールにハニートラップを仕掛け、必要なデータを手に入れた。

「あの男を引き入れる件は、こちらでどうとでもすると言ったはずだ。きみがここを去る必要はない」

「ぼくはやはり、スポット任務に向いているように思います」

「もしかして、体調が悪いのか」

モリスの声が低くなる。最悪の事態を想像しているのだろう。

つまり、オメガであるトウマが、アルファであるリカルドのつがいにされたという事態だ。

「問題はありません」

「……ヒューゴから苦情が来た。きみを酷使しすぎていると。わたしの期待はきみの重荷か」

書類をデスクに投げ、モリスは深いため息をつく。トウマの行動を裏切りだと感じているのだろう。

「謝罪の言葉もないか。……こうと決めたおまえは扱いづらい」

きみ、ではなく、おまえ、と呼んで、モリスは肩を落とした。

「わたしに言えないことがあるとしたら残念だが、本部が解決してくれるものと期待しよう。ただし、最後にひとつ、働いて欲しい」

「すでにぼくの籍は……」

「長い付き合いじゃないか。リカルドは関係ない案件だ。まだ独自調査の段階だから、きみとわたしの取引と行こう」

それが身勝手な独断の埋め合わせになるならと、トウマは考えた。微塵も引き止められたくなくて転属・転勤を申請したが、事と次第によってはモリスの評価にも響く話だ。

「それでイーブンだ。きみの裏切りも水に流す」

プライベートな手伝いを条件にした譲歩に、トウマは正直にホッとした。

モリスをすっ飛ばしたのは、引き止められないためであり、本国でバース性の精密検査を受けると決めたからだ。説明すれば心配をかけるので話したくなかった。

リカルドのアルファ性によって抑制薬が効かなくなったのだとしたら、トウマのオメガ性になんらかの変化があるのかもしれない。きちんと確認してからでなければ、安心して任務に就けない。

　なにごともなかったのなら、またモリスの下に戻ることもあるだろう。

「一週間後。船上パーティーが行われる」

　モリスが言った。

「ミハイロフファミリーの裏カジノだ。その参加者の顔写真をできる限り撮ってきて欲しい。簡単な仕事だろう。準備はヒューゴと進めてくれ」

「わかりました。お手伝いします」

　承諾の返事をして一礼する。そのまま部屋を出ようとすると、呼び止められた。

「あの薬が効かなかった、というのは本当か」

　モリスの声に、トウマは足を止める。ゆっくりと振り向いた。

「薬の切り替えのタイミングを誤りました」

「ヒートの周期が狂っていたのか。まさか、リカルドと」

「ありませんよ」

　トウマは小首を傾げた。モリスが思うほど、リカルドは酷い男ではない。

　優秀なアルファである以前に尊敬できる男だ。優しさと教養があり、人の心を乱さない分別も持っている。

「ぼくもそろそろ、適齢期が来てしまったのかもしれません」

ずっと人肌を知らずに来たせいだ。性的なことを知らなすぎるのもよくないのだと、この一件で理解した。

かといって、恋人を作るかと問われたら別の話だ。まだそんなことまでは考えられない。

「本国へ戻って、いろいろ考え直してみます。それじゃあ」

笑顔を向けて、モリスのオフィスを出る。

サマーバカンスのシーズンはまだ半分も過ぎていない。名残惜しい気分を引きずりながら、バス停まで歩いた。

＊＊＊

「おまえって、本当にいい匂いなんだよな」

港にほど近い路地の片隅で、運転席のハンドルを握ったヒューゴが言う。相変わらず、無造作にまとめた髪と無精ヒゲが汚い。ハイソサエティーの船上パーティーには、同行させたくてもできない格好だ。

「アルファもオメガも知り合いにいるけど、おまえみたいな匂いは嗅いだことがない」

トウマと違い、ヒューゴは人脈が広かった。そして鼻が利く。

「欲情するなよ?」

笑って振り向いたトウマの手には、最新型の電子時計がはめられている。もちろん盗撮用のカメラが内蔵されたものだ。

裏カジノが行われる会場では電子機器の一切が禁止されるので、通信機能は付いていない。

「こんなこと、おまえの仕事じゃないよな。はっきり言って、下っ端の雑用だぞ。嫌がらせだろ」

わかっているのかと問いただされ、トウマはうんざりと宙を見つめた。モリスの依頼を引き受けてから一週間。ヒューゴは毎日、アパートメントの部屋にやってきた。

そして、断れ、断れと繰り返す。

「この街に来て六年だ」

トウマはため息を飲み込んで答えた。車の外はまだ夕暮れに早い。

「また戻ってきたいと思ってる」

アパートメントは昨日付けで引き払ったばかりだ。住人たちが盛大なお別れパーティーを開き、トウマは涙を流す中年男女に取り囲まれた。

いつでも帰っておいでと次から次へと抱き締められ、思い出すだけでトウマの目頭は熱くなる。

「モリスを出し抜くような真似をしたんだから、仕方がない」

気持ちを落ち着けるための深呼吸をしながら言うと、ヒューゴの眉が跳ねた。

「そこだろ、そこ。おまえのことを、あんなにかわいがってたくせに。手のひら返しみたいなもんだ。そもそも、おまえをスポット以外に駆り出した奴が悪い」

「……彼の戦力になれなかったことは確かだ。失望させたんだよ」

「関係あるか」

腕組みをしたヒューゴは、納得がいかないとばかりにくちびるを尖らせる。

しかし、すぐに硬い表情になって振り向いた。

「……ヒートの抑制薬は飲んでるよな?」

「匂いのこと?」

「やっぱり、おかしいだろ。ベータの俺がこれだけ感じるってのは」

「でも、検査キットは反応してないんだ。ヒートは来てない」

「あの夜、本当に、しなかったのか」

茶化すことなく見つめられ、トウマは顔を歪めた。

「ないよ」

「仕事の前に気分を悪くさせたなら謝る。……いっそ、体調不良を理由に放り出せよ。このまま空港まで送ってやる」

「やめろよ。いいかげんにしてくれ」

「たまには、お兄ちゃんぶってもいいだろ」

「いまじゃないだろ」

「知るかよ」

ヒューゴはまたむすっとして、ハンドルに顔を伏せた。

「寂しくなるなぁ」

「それもいま言うことじゃない」

「……あの男のことはいいのか。おまえが惚れている以上に、相手も惚れてるだろ」

「だから、さぁ……」

トウマは時計を見た。しかし、まだ時間が早い。ヒューゴの手が伸びてきて、デジタル盤を隠すように押さえた。

「どーなの。トウマ。本当のところを、お兄ちゃんだけには言っておかないか」

「どうして」

「はっきりさせないで本国に帰っても、なんの解決にもならないからだ。相手がアルファで、おまえはオメガだ。しかも惚れ合ってるんだろ。十中八九、……いや、完璧に『運命』だ」

「彼は、そういうことを望んでない。知ってるだろ？　否定してるんだよ。俺がそばにいれば邪魔になる」

「おまえが……？」

ヒューゴは短く息を吐き出して肩をすくめた。

「ありえないね。おまえは自分を持ってる。誰かの腕の中でいつまでもヌクヌクしてられる人間じゃない。そういう相手となら、革新を求めるアルファだって新鮮に感じるに決まってるだろ。マフィアの幹部なんか、すぐに辞めさせろ。……だいたいな、運命のつがいを否定するアルファってのは、誰よりも純真無垢な運命を待ち続ける乙女みたいなもんなんだよ。壊れてしまわない、自分だけのパートナーをな！　じっと待ってんだよ！」

熱弁を振るったヒューゴは、力任せにハンドルを殴った。

「……おまえがどうしたいか、それが一番大事なんだぞ」

痛みをこらえた顔で振り向き、鼻の頭に皺《しわ》を寄せる。トウマは微笑んで返した。

「好きだよ。運命を感じるからじゃない。あの男のすべてが、ぼくは好きだ。……だから、離れたい。きれいなままで、記憶の中に残りたい」

「……童貞が」

悪態をつかれて、トウマは弱く笑う。片頬だけを引きあげた。

「なんとでも言ってくれよ。どうせ童貞《チェリー》だし、どうせ処女《バージン》だし。どうせ、恋愛に夢を見てる」

「惚れた男とセックスしないで、これからもハニートラップを仕掛けていくつもりか」

「知ったら、記憶が邪魔になる」

「知りもしないで……。意固地。おまえは頑固だ」

「ニッポニアの男だからね」

うそぶいて、うなだれるヒューゴの首裏へ手を伸ばした。

「……トウマ。おまえにはずっと秘密にしてたけど」

うつむいたヒューゴが声をひそめる。耳を澄ましていると、続きが聞こえた。

「惚れた相手とのセックスはな。めちゃくちゃ、気持ちがいい。頭の中がウニかフォアグラかってぐらい、ぐちゃぐっちゃに気持ちがいい」

「……え」

「相手が生きてるなら、しとけ」

「……え？」

唖然《あぜん》として固まっていると、ヒューゴはうぉぉと吠え、自分の頭を抱えた。

「おまえの相手は、超モテモテのオスだぞ。一ミリでも離れたら、そっこー、虫がつくような高級天然素材だ。食われるぞ。誰かにかじられても、それでもいいのか」

「……リカルドは、そんなにヤワじゃない」

「失恋の痛手に震える男を見てから言え！」

「まるで経験があるみたいだ」

「おまえな！　俺をなんだと思ってるんだ。俺だって、大恋愛のひとつやふたつ、みっつやよっつ……数えきれないぐらい、ある」

「その全部、ダメにしたの？」

思わず聞き返してしまうと、噛みつく勢いで睨まれた。

「無邪気に人の古傷をえぐるな」

「勝手に言ってるんだよ、ヒューゴが。……とにかくさ、お兄ちゃんのありがたいお小言はわかりました。セックスをしておくのがいいってことも承《うけたまわ》りました」

「惚れた相手とのセックスだ」

「……それは無理」

はっきり答えて、トウマは髪を耳にかけた。

「ぼくが欲しいなんて言ったら、相手が困るよ。なにがあってもしない人なのに。そばにいると約束でもしない限り、無理だろう」

リカルドの我慢強さは折り紙付きだ。

「おまえがかわいそうだ。トウマ」

苦々しいつぶやきが、一番の本音だろう。たったそれだけの言葉のために、延々とつまらない説教を垂れるヒューゴはいい相棒だった。

これからも変わらずに、彼とは組んで働くだろう。

「車を出してくれ。……そんなことはどうでもいいから」

「おまえ、人の話を聞いてる？　この話、この先、何十回も言うからな」

「好きにしてよ。……ぼくのこの気持ちを、ヒューゴも覚えていてくれるなら、妄想じゃなかったと思えていいよ」

「トウマ……」

サイドブレーキを解除したヒューゴが苦々しく振り向く。

「俺のこと、誘ってる？」

そう言ってニヤッと笑った。トウマは前を向いたまま、とげとげしく答える。

「今夜、仕事が終わったら、吐くまで飲ませるからな」

動き出した車は坂をくだり、センターラインの引かれた大通りに出る。

パーティー会場の船はすぐに見えてきた。夕暮れの空をバックに、きらびやかなイルミネーションが輝き始めている。

「ヒューゴでいいなら、とっくにそういう仲になってるだろ……」

車の窓に肘をついてトウマはぼやく。

「ナチュラルに残酷だな」

ヒューゴが微塵も笑わずに答えた。

軽く送り出されたトウマの気分は軽く、会場を泳ぐように歩き回って遊ぶのも悪くはなかった。誘われてかわし、近づいてくる相手、近づいてこない相手、すべてに向かってシャッターのボタンを押す。

あまり頻繁になっては不審がられる。だから、適度に間隔を空けてこなした。

まだハニートラップの任務にデビューできなかった頃、練習がてらに適当なパーティーへ投げ込まれたことを思い出す。すぐに見つかって摘まみ出されたことも一度や二度ではない。そんなことを全世界のセレブリティーパーティーで繰り返し、ブラックリストに載るようなら無能だと判断されて内勤へ回される。

ひとつひとつ、経験を積んできたと、トウマは来し方を思う。

ピンチに陥ったこともあったし、媚薬を仕込まれたり、恥ずかしい写真を撮られたり、散々な思いもした。そのたびに落胆したが、どうにか乗り越えて、ここにいる。

恋と引き換えに仕事を捨てることなどできるはずがない。

フロアで声をかけられ、ルーレットに誘われる。相手はふくよかな体型のマダムだ。

濃厚な香水に熟女の貫禄があり、断りきれずに加わった。

遊ばないでいるのも不自然だ。なけなしのカジノチップを専用のチップに交換してもらい、シートの数字に賭ける。

「今日はお目当てが参加してなくて残念なのよ」

テーブルの端に頬杖をついたマダムは、ショートカクテルのグラスを手にして眉尻を下げた。

「お目当て、ですか」

「そうよ。船上パーティーなら、じっくりと眺められるじゃない。今夜もいると思って来たのよ。実業家の、リカルド・デルセール。名前ぐらいは聞いたことがあるでしょう」

マダムが目配せすると、ボーイがカクテルを持ってくる。

薄紫色のショートカクテルだ。会釈して口をつけると、グレープフルーツが香った。

「ブルームーンですね」

「そうよ。儚い色だと思わない？　この色を見ると、サンドラのサマーシーズンを思い出すのよ。夏の恋って、海の泡みたいに、生まれてすぐに弾けて消えるじゃない？　物悲しいと思いながら、いまも通ってしまうのよ」

マダムからうっとりとした視線を投げられ、トウマはくちびるに薄い笑みを浮かべた。

まるで心を見透かされたようだと思ったが、それぐらい、サンドラの夏の恋はありふれている。ほとんどの恋が、夏を越えられずに散ってしまう。

だからこそ、サンドラには人が集まり、誰もがアバンチュールを求める。終わるとわかっているから燃えあがる恋もあるのだ。

「ねぇ、あなたはリカルドと会ったことがある？　サンドラの有名人だから、ちらっとは見たことがあるでしょう」

「顔ぐらいは……」

「私もね、いつも遠くから見るだけよ。あと二十年、いえ、三十年若ければ、傷ついてみたかったわ。私が通っているうちに、リカルドの恋人が見られるといいのだけどね。いったい、どんな相手を選ぶのかしらね」

そのときばかりは、マダムも少女のような表情になる。

ほどよく勝ち、ほどよく負けていたトウマは、手持ちのチップをひとつの数字に集中して賭けた。大きく負けたのをきっかけにして、テーブルから離れる。

チップを分けてあげるとマダムにしがみつかれたが、柔らかな肩を優しく押し返して断った。どんなに豪華な宝石を身に着けていても、面影にアパートメントのおばさんたちが重なってしまう。そして、ジゴロを装っている暇はなかった。

妙な情が移ってしまう前に、甲板へ逃げ出す。

しばらく涼んでから戻ろうと決めて、人目につかない場所を探した。船の側面の通路を通りながら下を見ると、船にくっつくタグボートが見えた。新しい客を連れてきたのだ。

なにげなく観察していたトウマは、思わず身を乗り出した。

運ばれた客がすべて移り、船から離れるかと思われたボートから最後の客が出てくる。

タキシードを着た男は、上から見るといっそう髪が薄い。イーゴリ・ミハイロフかと思い、目を凝らしたが、断言できるほどには顔が見えなかった。

パーティーに参加してもおかしくはない。今夜の主催にはミハイロフファミリーの息がかかっているのだ。

身を乗り出しすぎて、片足が浮く。思わず落ちそうになり、トウマは息を飲んだ。

誰かに腕を引き戻された。と、同時に、口元を布で覆われる。

とっさに、電子時計の脇に付いたスイッチを押した。しかし、ただの隠しカメラだ。救難信号が発信されるはずはなかった。

理性ではわかっていても、身体が即座に反応してしまう。

「……ん、ぐっ」

口の中に布地が押し込まれ、トウマは従うふりで反撃の隙を待つ。けれど、抵抗できなかった。両脇に立つ男はふたり、前にもふたり。誰もがタキシードを着ているが、上腕の太さはトウマの太ももぐらいある大男ばかりだ。

小さく息を吸い込んだ瞬間、拳が腹にめり込む。間一髪、腰を引いて逃れ、致命傷には至らない。それでも、軽いインパクトで息が詰まった。

両脇の下に手が入り、軽々と持ちあげられる。そのまま前後左右を取り囲まれ、トウマは拉《ら》致《ち》された。

素早く連れ込まれたのは客室エリアだ。

しかも船尾のスイートルーム。ベランダがあり、開放的なパノラマの代わりに、サンドラの夜景がきらめいて見える。

ごく普通の客室へ連れ込まれるよりは、身の安全が保証されているような気がした。盗撮がばれたとしたら袋叩きに遭うかもしれないが、ここに現れる相手次第ではうまく逃げきる自信がある。

たとえば、イーゴリだ。

彼とふたりきりになれば、フェロモンコントロールが使える。

チャンスを待つしかないと身構えながら、トウマは部屋に視線を巡らせた。いざというとき、スムーズに逃げ出すため、位置関係を確認する。わずかに身をよじらせると、視覚に人の姿が見えた。

壁際のソファに座っていた男がゆらりと立ちあがる。

口の中に押し込まれた布地を噛み、両目を見開く。

そこにいたのは、スーツ姿のモリスだった。温和な顔立ちには微塵の緊迫感もなく、トウマはホッと息を漏らした。

抜き打ちの実技テストのつもりだろう。モリスを出し抜いた行動は、よほど彼を不愉快にさせたのだ。

モリスが近づいてきて、トウマの目の前に立った。男たちは離れていかず、モリスがトウマの腕時計をはずす。

まだひと言も口を開いていないモリスは、指先を軽く動かした。それが合図になり、男たちが動いた。

「んんっ！」

トウマは驚きのあまり、目を見開いてモリスを見た。男たちの大きな手のひらが、トウマのスーツを剥いでいくのだ。モリスの考えが掴めず、頭の中はパニックになった。

それでも、あっという間に身ぐるみが剥がされ、全裸にされる。くちびるの端を意地悪く歪めて見ていたモリスは、トウマの衣服を抱えた男に近づき、布地の上に腕時計を置いた。男がすべてを持ち去り、ドアの閉まる音が響く。

ようやくモリスは口を開いた。

「これで盗聴の心配もないな」

「んん……ッ！」

トウマの抗議は布地に阻まれ、くぐもった呻《うめ》きにしかならない。

「きみの裸を見るのは初めてだな。存外、きれいな身体だ」

あざけるように言われ、悪い冗談だとトウマは思った。下着一枚、身に着けることが許されず、どこもかしこもモリスの目前に晒されている。

そして、両肩両腕は、残った男たちの手でしっかりと掴まえられていた。下手に動けば、肩が脱臼《だっきゅう》するだろう。

「信じられないものを見る目だな。まるで、きみを見守ってきたわたしのようだね」

口調は温和だったが、瞳は冷たかった。いきなり頬を張りつけられ、肉体的な痛みよりも精神的な痛みを感じた。事態が把握できず、まっすぐにモリスを見る。

やむにやまれぬ事情があるのだと思ったが、すっとそらされた視線に浮かぶ嫌悪感がトウマを絶望に突き落とした。

「オメガごときが……」

恨みがましい声は、辛辣《しんらつ》を通り過ぎて怨嗟《えんさ》の響きだ。

「わたしはおまえたちのようなできそこないが心の底から疎ましい。フェロモンコントロールなどといって、淫売の技をこれ見よがしに使う恥さらしはなおのことだ」

モリスの表情が浮かび、全身で表す嫌悪感は本物だとトウマは思った。

「おまえはわたしの捨て駒だ。それが、勝手に転勤願いなど……。バカバカしい」

モリスの手が引きあがり、また平手打ちにされると察したトウマは身構えた。

「傷ものにはしないでくれよ」

低くしわがれた男の声が割って入る。イーゴリ・ミハイロフだ。

悠々と部屋を横切り、深々とソファへ腰掛けた。

「それは俺が買った品物だ」

言うなり、トウマの身体へ視線を注ぐ。舐めるように見られたトウマは、相手を睨みつける。

それから、モリスを睨んだ。

「そうだ。売ったんだよ」

悪びれずに答えが返る。続きは、葉巻を手にしたイーゴリが口にした。

「あんたが最近、関わっていた仕事。あれはすべて、そこにいる上司のための、私用の任務だ。騙されていたんだよ」

あくどく、ニヤリと笑う。

「……うちに対して大きな債権を持っていてね。本部に知られる前にどうにかしたいと話があったわけだ。ところが、もうすでに金に換えられるものはなかった。そこで、あんただ。トウマ・キサラギ」

火の点いていない葉巻を口に挟み、イーゴリが近づいてくる。

「俺はベータだが、オメガの匂いがどうにも好きでなぁ……。あんたが極上のオメガだと聞いて、飛びついた。リカルドとは寝たんだろう。男を知ったオメガの匂いがプンプンする。いやらしくて下品な、メス猫の匂いだ。……アルファからオメガを寝取るほど気持ちのいいものはない」

葉巻を指に挟んだ手が、トウマの首筋をなぞり、胸元に下りる。

「あの男は嫌な目をしている。……自分が一番、優秀だと信じて疑わない目だ」

胸筋に大きく円を描くように手が動く。そして、火の点いていない葉巻の先端で乳首をなぞられた。気味の悪さにおぞけが走り、ぶつぶつと鳥肌が立つ。

「子のものは、親のものだ。だから、おまえも俺のものだ。アルファを知っているなら、じきに子を孕むようになるだろう。たっぷりと種を注いでやる。その果てに生まれるのがオメガなら金になる。……金の卵を産むガチョウだよ、おまえは」

葉巻が身体の中心線を辿ってへそまで下がり、下生えを乱される。

身をよじって逃げようとしたが、男たちに腰を押さえられた。

「まずは味見をさせてもらおうか。……モリス。手伝ってくれ」

声をかけられたモリスは、媚びへつらうような笑みを浮かべた。かと思うと、トウマには憎しみに近い侮蔑《ぶべつ》の視線を投げてくる。

男たちに引きずられ、隣の部屋に連れていかれたトウマはベッドに繋がれた。

擦過傷《さつかしょう》ができないよう、柔らかな内貼りのされた枷《かせ》が、両手両足に取り付けられる。うつぶせになった腰の下にクッションが押し込まれ、腰を上げた屈辱的な体勢を取らされた。

「この状況では、フェロモンコントロールも意味をなさないだろう。無力なものだ」

モリスが近づいてきて、髪を鷲掴みにされる。イーゴリだけでなく、モリスと大男たちがいる部屋では、ヒートフェロモンで煽るほど危険が増す。

全員を一度に卒倒させることはできないからだ。

口説きと接触で相手をなだめながらコントロールしなければ、暴力的に身体を奪われてしまう諸刃の剣だと、モリスはよく知っている。

「なんせ、抑制薬と誘発薬の違いさえ、わからない愚図《ぐず》だからな」

耳元に侮蔑が注がれ、トウマは口の中の布地を噛みしめた。身体中の毛が逆立ち、猛烈な怒りを覚える。

「おまえに渡したのは、ヒート誘発薬だ。よく効いただろう。リカルドとのセックスはどうだった。本当はしたんだろう。何回挿れて、何回達したんだ。淫乱な男め……」

乱暴に頭を押さえつけられたトウマは、枷に繋がれた腕の先で、拳を握り固めた。

自分のバース性をもてあそばれた事実よりも、誘発されたオメガのヒートに煽られたリカルドのことを考える。

彼が『運命』だと感じ、否定したものが、本物と呼べるのかさえわからない。

ふたりの感じた関係性のすべては、モリスとイーゴリの策略によって導かれたのだ。うつぶせの体勢で顔をシーツに押しつけられ、トウマは激しく憤った。

たいせつな思い出を汚されたことが許せない。

しかし、怨嗟の言葉を吐くことも、抵抗することもできなかった。

「……く……ッ」

ふいに臀部《でんぶ》を濡らされ、トウマは大きく目を見開く。視界に広がるのはシーツばかりだ。ほかには、なにも見えない。

ローションが開かれた割れ目に注がれ、誰かの指が行き来する。微塵の快感もなく、吐き気を催す嫌悪感だけが、怒りに震えるトウマを苛《さいな》んだ。

拳を握り締め、最後の抵抗を試みた。

下半身に力を込め、侵入を拒む。それと同時に、口の中の布地を押し出そうと、必死に舌を動かし、顔をベッドにこすりつけた。

もしも快感を得てしまうことがあれば、舌を噛み切ろうと覚悟する。

心の中でリカルドの名前を呼び、彼のためだけに純潔を守るのだと繰り返す。

ほかの誰にも渡したくない。愛情深く、あれほどまでにこらえてくれた、その純潔はリカルドだけのものだ。彼にしか、捧げない。

それは死んでも、絶対だ。

けれど、略奪の辱めに対してオメガが舌を噛み切ることは、悪党たちもよく知っている。奥深くまでねじ込まれた布地は、舌を圧迫していて動かない。

トウマは絶望した。指が動き、穴をまさぐる。濡らされ、ほじられ、もういくばくの余地もなかった。

そのとき、隣の部屋で大きな物音がして、全員の気が削がれた。大男たちの怒鳴り声が聞こ

えたかと思うと、クラッカーが連続して鳴る。トウマの横に座っていたモリスが倒れ込み、

「ぐあぁっ……ッ！」

悲鳴をあげて転がり回る姿が見えた。さらにパン、パンッと音が弾ける。

モリスの肩から血が噴き出したのを見て、音の正体がサイレンサー付きの銃だとトウマにも察せられた。次の瞬間、身体に布地の感触がした。手足の拘束がひとつずつはずされ、トウマは腰の上の布を掴んだ。それは薄手のトレンチコートだった。

触れた瞬間から、持ち主に察しがつく。

いや、部屋に入ってきたときから、予感していた。

ベッドの端に膝をついたリカルドは、トレンチコートをトウマに着せかけ、腰紐をぎゅっと結んだ。その肩の向こうで、忙しく立ち動く男たちが見える。

リカルドの手下なのだろう。ひとりが近づいてきて、

「あとはお任せください。お気をつけて」

ビジネスライクに言いながら腰を屈め、リカルドが注意深く足元に置いていたハンドガンを引き取った。

「行こうか、トウマ」

両手が差し伸ばされ、子どもを抱きあげるときのように両脇の下に手が差し込まれる。すがるように両手を返し、リカルドの首に巻き付けた。震える身体を軽々と抱きあげられ、トウマ

は部屋の惨状を改めて見た。

誰も死んでいないようだが、血の色と呻き声が交錯する凄惨な現場だ。

しかし、長々と観察することは叶わなかった。

トウマを抱きあげたリカルドは、颯爽とスイートルームを出て、エレベーターに乗り込む。

ここでも、リカルドの手下がエレベーターを停めて待っていた。

筐体の中でふたりきりになっても、リカルドは口を開かず、トウマもただ震える息を細く繰り返すだけだ。こらえていた恐怖がよみがえり、話そうとすると、奥歯がガタガタと鳴り出してしまう。

だから、ぐっとくちびるを引き結び、救ってくれたリカルドにしがみつく。

ジャケットの襟から柑橘の香りがして、彼の存在を強く感じる。

強姦されることを恐れたことはない。死も覚悟して任務に就いてきた。

しかし、リカルドを知ったあとでは、なにもかもが色を変えてしまったのだ。

あきらめた恋が生々しいうちは、ほかの誰にも触れられたくない。

一方で、仕事を変えることは考えなかった。嫌悪を向けられ蔑まれ、自尊心を剥ぎ取られる恐怖を感じても、自分がエージェントとして生きていくことは揺るぎない事実だ。恋をしても、それを失っても、トウマの人生はまっすぐに芯が通っている。

エレベーターが停まり、船の屋上に作られたヘリポートへ出る。

すると、物陰から見慣れた男が駆けてきた。ひとりで立つトウマに飛びついてきたのはヒューゴだ。

ぎゅっと抱きついたかと思うと、すぐに両手で頬を包み、顔を覗き込んでくる。

「だいじょうぶか」

「……うん」

うなずくと、膝が笑いそうになる。間一髪だったことを思い出し、笑いが込みあげた。

「よく、ＥＭＧを出したな」

ヒューゴに言われ、髪を揺らして首を振る。

「でも、意味はなかった」

「いや？」

無精ヒゲのヒューゴはいつものようににやりと笑った。

「おまえなら押すと思って、通信装置が自動で動くようにタイマーを仕掛けておいた」

乗船するときは通信信号が出ておらず、検査で見つからなかったのだ。

「言えよ……」

泣き笑いの表情で睨むと、ヒューゴはいたずらっぽく小首を傾げた。

「だって、おまえが怒るだろ。モリスを疑いすぎるって」

「……ごめん」

「俺も半信半疑だった。けど、ビンゴだ。礼はあとでたっぷり聞くからな。……もうすぐ警察が来る。ヘリポートを空けておかないと」

「ぼくも残るよ」

思わず口にすると、両肩にヒューゴの手が乗った。ぐっと掴まれる。

「お兄ちゃん……いや、相棒からの助言だ。よく聞け。……素直になるんだよ。前例がないなら、おまえが作ればいい。運命から逃げるな」

まっすぐな言葉と、まっすぐな瞳。そして、手抜きを許さない相棒の顔で言われる。

「その色気、どうにかしてもらえ」

笑ったヒューゴは、気を使って離れていたリカルドを招き寄せた。

「何回も言ったけど。トウマは本当に、いい男だから。……約束を違えたら、おまえを殺すからな」

ぎりっと睨まれたリカルドの手が、トウマの肩に触れる。

「私と来てくれるか?」

優しい問いかけは、どこまでも紳士的だ。

「そんなこと言ってるから、こいつの心が迷子になるんだろ」

あきれ声のヒューゴを無視して、リカルドの瞳はトウマだけを見た。

「私とおいで。……きみなしで、生きていけそうにない」

甘い言葉に誘われて、トウマは手を伸ばした。リカルドの頬をそっと引き寄せ、くちびるにキスをする。

「話を、聞きます……」

そう答えたトウマからも話がある。リカルドの感じた運命はモリスの策略による偽物だ。できれば告げたくないが、言わないままでは身勝手すぎる。

「やれやれ……」

ふたりをうまくまとめたと思っているヒューゴが離れていき、トウマはもう一度、リカルドを見た。


船から飛んだヘリコプターが降りたのは、まだ記憶に新しい崖の上の家だ。

空中から見ると、ほかには建物がないことと、プールのあるテラスからプライベートビーチへ降りられることがわかった。

飛び去るヘリコプターを見送り、また抱きあげようとするリカルドの腕を断る。身体の汚れを落としたいと申し出たトウマは、メインベッドルームの奥にあるバスルームに案内された。

シャワーブースのほかに、四、五人が入れそうなジェットバスまであり、格子に区切られた一面のガラス窓はマジックミラーになっているらしい。

リビングで待っていると声をかけられ、トウマはひとりでシャワーブースに入る。

ミントの香りが爽やかなシャンプーで髪を洗い、ハーブの香りのトリートメントをしたあと、身体を洗った。ボディソープもミントだ。香りと泡立ちがよく、肌がスッと冷える。

シャワーで流し終え、用意されていたふかふかのタオルを手にした。

鏡の前には、リカルドが使っている身繕いのための小物が無秩序に置かれていた。ひとつひとつが高級品で、センスがいい。だから、乱雑に見えても、絵になっている。

薄手のバスローブに袖を通し、髪をタオルで押さえながら、トウマはバスルームを出た。鏡を覗き込み、自分の想いを確かめようとも考えたが、すべては無駄な行動に過ぎない。

裸足で歩くと、冷たい石造りの床は心地がよかった。

ペタペタと足音をさせながら、リビングへ向かう。タブレットを眺めていたリカルドが気づき、籐《とう》で編んだソファから立ちあがろうとする。

柱にもたれたトウマは手のひらを見せて制した。

「……ずっと、ぼくを見張っていたんですか」

声はすっきりと通る。リビングの天井は高く、シーリングファンが回っていた。

潮騒が聞こえ、テラスへ出るガラス戸が開いていることに気づく。プールは内側からライトアップされていた。

「ヒューゴが、あなたに協力を求めたんでしょう……」

モリスを疑っていたのはヒューゴだ。自分ひとりでは動けないと考え、リカルドに話を持ちかけたのだろう。

「でも、いつからモリスのことに気がついていたんですか。……ずっと前から、ぼくと出会った頃から、あなたは知っていたんじゃないですか」

「その通りだ」

ソファに座ったリカルドは、背を屈め、膝の上で両手を組み合わせた。どんな仕草をしても、どんな表情を見せても、リカルドは震えが来るほどに凜々しい。

マフィアに堕ち、裏社会で身をやつすには、見栄えがしすぎる男だ。

「リカルド。あなたの目的は、なんですか。どうして、マフィアなんかに……、なったんです」

「善意の団体に所属して、人類のために働くのがいいと思うか？」

かすかに笑ったリカルドの横顔に影が差す。彼もまた、頭が良すぎたのだ。

すべてが見通せるから、政治と宗教と欲望のバランスの破綻がわかってしまう。どんなに世界を良くしようと思っても、問題は複合的かつ複雑だ。

「そこまで大きなことは言いません。ぼくは、ただ、あなたの話が聞きたいだけです」

「よくある話だよ。この街が好きだから、この街の治安だけを考えている。イーゴリは汚い手を使いすぎたし、よくない前例を作ろうとした。それから、ニッポニアの政府筋まで巻き込もうとしていた。……きみの上司の件は、その途中でこぼれ落ちただけのほんのささいな出来事だ」

「ぼくが、あなたの関わろうとしている事件に噛んでいると、思っていたんですね」

「違うということはすぐにわかった。上司のこともね。……オメガであるきみを、からかいたい気持ちがあったことも確かだ。だから……、きみが街を出ていくのなら、止められないと思っていた」

リカルドは、まっすぐ前を向いた。

「私は運命のつがいを信じていない。けれど、きみといると、まるでダメだな。こんなにも理性がないとは思わなかった」

横顔が歪み、トウマの胸はきゅっと痛んだ。

「あなたほど我慢強いアルファはいません」

「そんなことはない。何度もきみに触れた。……ろくに口説きもせず」

「……ぼくは気にしてません。でも、あなたが気にするというのなら、今夜のことで帳消しにします。……なにも苦にせず、ぼくのことは……」

忘れてください、とそれだけが口にできず、トウマはうつむいた。

ヒューゴはふたりが抱き合うと思っているだろう。想いが通じ合うと思っている。

しかし、無理だ。リカルドはこれからもマフィアとしてサンドラの街における善悪のバランスを取っていくし、トウマもまた、ニッポニアのエージェントとして世界を飛び回る。

愛し合っても苦しむだけだ。束縛されることよりも、囲い込むことがアルファの性《さが》なら、苦しむのはリカルドだろう。それが想像できてつらい。

そして、なにより、ふたりのきっかけは勘違いだ。

視界の隅でリカルドが立ちあがり、トウマは顔を背けた。

「来ないでください」

柱からスッと離れて、テラスへ出る。

「……それができないから、こんなにも困っているんだ」

近づいてくるリカルドは白いデッキシューズを履いている。トウマのすぐそばで止まったが、抱き寄せられることもない。

「あなたが感じた『運命』は偽物です。モリスは、ぼくに抑制薬ではなく、誘発剤を渡していた。だから、どんなアルファだって、あのときは……」

「きみだって、同じだろう」

「ぼくは……、どっちだっていいんです」

きっかけはなんであっても、もう好きになっている。引き合う『運命』よりも、リカルド自身の在り方が好ましいのだ。

「あなたに抱かれたら、ぼくの中の、なにが変わってしまうんでしょうか……」

トウマは力なく言った。

「なにも変わらない。そう言いたいけど、無理だな……」

リカルドの言葉に、やはりと思いながら顔を上げる。苦々しく笑った男は、ほんの少しだけ肩をすくめた。

「変わって欲しいと、思っているからだ。きみの心の奥に、自分を刻みたい。ただそれだけでいい。知っているはずだ。……運命なんて、求めていない」

続くセリフが想像できて、トウマは両腕を伸ばした。

つがいになんてならなくていいと、言われたくなくてしがみつく。自分からリカルドのあご先に口づけ、両頬を引き寄せてくちびるを重ねる。

リカルドの腕が背中に回り、キスをしながら抱き締められて、息があがった。

目の前で薔薇《ばら》を散らしたように、目で見るものがすべて色づいていく。

「……リカルド」

なにも言わないで欲しいと、互いの心を探り合う視線で訴える。

甘い言葉も、優しい嘘も、聞くだけ心が乱されてしまう。

愛しているからだ。どうにもならないふたりだとわかっていても、求める気持ちが抑えられない。

「んっ……っ、はッ……」

開いたくちびるを舐めたリカルドの舌に口腔内を掻き混ぜられ、トウマは耐えきれずに大きく背筋を震わせた。立っていられずに身を投げ出すようにもたれかかる。肩が抱かれ、ふたりの間に手がねじ込まれた。

「……あっ」

小さく声をあげると、許しを乞うように見つめられ、トウマは浅い息を繰り返してあとずさった。ふくらはぎがなにかに当たり、支えられながら転がって初めてデイベッドの存在に気づく。

リカルドの肩越しに青い夜空が見えて、きらきらまたたく星の多さに驚いた。

「……んっ」

ぼんやりしているうちにバスローブの紐がほどかれ、身体の前面があらわになる。リカルドのキスとブルネットの髪が肌の上を弾み、トウマはたまらずに喘いだ。

息が短くなり、身体が急激に火照っていく。

「あっ……あぁ……っ」

胸を撫でられ、突起をついばまれる。唾液に濡れると、リカルドが離れたあとで冷たくなっていっそう焦れた。

「リカルド……っ、あ、あっ……」

次にされることはもうわかっていた。指先が下生えを探り、反り返ったものが掴みしごかれる。

「うっ……、ん、んっ……ふ」

的確な愛撫に腰を浮かせたトウマは片腕で顔を覆った。無数の星だけでなく、月の光が降り注いでいて夜目が利きすぎる。

誰が見ているわけでもない。けれど、リカルドにすべてをさらけ出すことが恥ずかしく、膝を寄せて股間を隠そうと試みた。その膝にキスが落ち、優しくゆっくりと膝が割り広げられる。

その間に身を置いたリカルドが顔を伏せた。

根元からねっとりと舌が這い、敏感な鈴口をちろちろと舐められる。

「あ、あっ……ぁ、ん……！」

硬く尖った舌先が割れ目に差し込まれ、トウマはバスローブを噛んだ。鈍く重だるい快感が腰で渦を巻き、前後に揺れそうな腰をこらえる。

しかし、我慢はできなかった。これが本当の最後だと思えばこそ、貪欲になりたがる自分自身を許していく。なにも知らずに身を引くなんて、もう考えられなかった。

シャワーを浴びていたときから、抱かれることを想像していたし、リビングにリカルドを見たときから興奮は息づいていた。

運命なんてどうでもいいと言ってくれることにさえ期待していたのだ。

今夜、抱かれたくて、リカルドを手に入れたくて、心が疼く。

「あっ……ぁあっ、い、く……っ」

ディープスロートできつく責められ、トウマはしどけなく声を引きつらせて終わりを訴えた。絡みつくような快感に包まれ、腰が浮く。射精に合わせて突きあがり、熱く濡れたリカルドの口の中へ精を放つ。

ぬるりとした感触でくちびるが離れ、トウマははぁはぁと息を乱した。大きく開いて立てた足がリカルドによって閉じられ、片側へ倒される。身体がよじれ、トウマは促されるままにうつぶせになろうとした。しかし、その前に腰を引きあげられた。四つん這いの体勢で突き出した臀部に、リカルドの息がかかる。とろりと精液が吐き出され、指は強い意志を持ってトウマの後孔を突く。

「んんっ……」

怯えたトウマは腰をよじった。けれど、許されない。

リカルドの両手に押さえられ、肉が割り広げられる。夜風が触れて、身体は羞恥にわななく。それと同時に、中心にちょんと柔らかなものが触れた。

濡れた肉片だと気づき、トウマはハッと息を飲んだ。

リカルドの舌が這っているのだ。鈴口を刺激したのと同じようにちろちろと舐められ、トウマの中心はキュッとすぼまる。リカルドの舌先は離れず、襞を数えるような動きを続けていく。

くちびるが押し当たり、あらぬ場所にキスを繰り返され、腕に顔を伏せたトウマは逃げようと片腕を伸ばした。

「い、や……そんな、こと……っ」

しなくていいと言いたかったが、刺激の強さで声にならない。あごを引きあげてのけぞり、拳を強く握り締める。

やがて硬く尖らせた舌先が入り込み、ぬく、ぬく、と内側を刺激して動き回った。喘ぐトウマはなにも考えられず、かといって、惚れた男が与えてくる卑猥な悦を否定することもできない。

「あっ、ぁ……。や、だ……っ」

いやらしい刺激だったが、物足りなさもある。リカルドの指で達した記憶が脳裏をよぎり、突き出した尻が無自覚に揺れていく。

「リカルド……っ」

焦れったさが募って呼んだ声がかすれ、舌先の横から指がねじ込まれる。リカルドの唾液とトウマの精液で濡れた場所は、男の太い指を簡単に飲み込んだ。

じっくりと差し込まれ、陰部を見つめられているトウマは息を潜めて耐えた。

けれど、あまりにもゆっくりと動かされ、肩越しにリカルドを睨む。

柔らかく優雅な微笑みを返され、トウマは戸惑った。もっと獰猛な瞳で下準備に勤しんでいると思い込んでいたからだ。

余裕を見せられ、たまらず身を屈めた。リカルドの指を受け入れたままで片手を伸ばす。腕を引き、デイベッドに上がらせて股間に指を添える。意図はリカルドに伝わり、手伝われながらスラックスの前をゆるめた。大きく育ったものは、月明かりの中でさらに迫力を増し、トウマは思わずごくりと息を飲んだ。

ふわっと空気が揺れて、リカルドが脈を打ちながら、さらに育つ。トウマのフェロモンにあてられたせいだ。熱に煽られた完熟の果実が滴らせる蜜を、トウマは舌先でそっと舐め取った。甘い味がして、身体が痺れる。頭の中もぐらぐらと揺れ、すぼまりがリカルドの指をきゅきゅっと締めあげた。

「んっ……」

リカルドの息が詰まり、トウマは上目遣いに視線を向けた。すると、後ろに差し込まれた指がぬくぬくっと動き出す。

「……あっ、や……」

感じている顔を見せようとしない意地悪な指に翻弄され、トウマは昂ぶりを掴んだままで喘ぐ。

「濡れてきたよ、トウマ。ここでイこうか。もっと奥がいいだろう？」

性的な声で言われ、トウマは首を振った。気力を振り絞り、リカルドの昂ぶりに吸いつく。口の中で舌を這わせ、唾液が溢れるのも厭わずに舐めしゃぶる。太い上に長く、とても根元までは飲み込めない。口から出して、手で押さえながら濡らした。

射精させるための行為ではないと悟ったリカルドが腰を引く。

「だめ……」

トウマは甘くささやいて、また顔を近づけた。腰の裏からリカルドの指がはずれ、うずくまるようにして、昂ぶりを根元から舐めあげる。

「それはいけない。トウマ……」

快感をこらえた声で、リカルドが自分のものを掴んだ。根元をこすりあげる仕草に、トウマは、その指を噛む。かりっと骨に当たり、

「……痛っ」

リカルドが手を引いた。

「こんな身体にしたのは、あなたじゃないですか。……この先を教える責任が、あなたにはあるんです。リカルド、これ以上、言わせないで」

唾液でぬらぬらと光るものから視線をはずし、リカルドを見上げる。

「言って欲しいよ、トウマ。きみが愛しすぎて、髪の毛ほども傷をつけられない」

「……愛して……」

腕を引きながら求めて、トウマは仰向けに倒れた。体勢を崩したリカルドが覆い被さる形になり、自分から誘っておきながら、トウマの視線はどぎまぎと揺れた。

意を決して足を左右に開く。

「愛してあげるから……どうぞ……来て」

曲げた膝の内側でリカルドの腰を撫で、トウマは熱っぽく息を吸い込んだ。

「責任は、私にある」

リカルドの息づかいが耳元に流れ込み、のけぞって目を閉じる。目頭が熱くなり、くちびるを引き結んで左右に首を振った。

同じ『責任』という言葉が、ふたりそれぞれの意味を持っている。

トウマは、ただ初めての男になって欲しいだけだ。けれど、リカルドは最後の男になろうとしている。

「自分の人生は、自分で責任を持ちます」

そばにあるリカルドの腕に頬を寄せて、トウマは自分のフェロモンをゆっくりと解放した。

ヒートフェロモンだが、単純にそれだけのものとはいえなかった。

相手を昏倒させる気はなく、本能を解放する。それがどんな効果をもたらすのかは、未知だ。

警戒心を持たないリカルドが大きく息を吸い込み、熱にあてられ欲情した表情になる。

「あぁ……」

濡れたようなオスの吐息を漏らし、感じ入った表情で眉をひそめた。それを見つめ、トウマは訴える。

「あなたのものには、なりたくありません。……自立した、ひとりの人間でいたいから」

震える指をリカルドの頬に這わせ、トウマは両膝を自分の方へ引きあげた。

リカルドの先端がきわどい場所に触れる。

「そんなきみが好きだ。トウマ……」

スラックスと下着を脱いだリカルドの熱があてがわれ、ぐっと体重がかかる。リカルドの首に手をすがらせたトウマは、凛々しい顔立ちを見上げた。リカルドは遠慮がちに動き、先端まで硬くなった昂ぶりでトウマを突く。先端がすぼまりにめり込み、トウマは焦れた。

止めどなく溢れ出す互いのフェロモンは、愛液のようにふたりの心を濡らす。リカルドのフェロモンもいっそう濃くなり、頭の芯から痺れたトウマは愛する男を抱き寄せた。

「ん……ぁ、あっ……ッ！」

先端がずぶりと肉の輪を押し広げて刺さり、指の太さしか知らないトウマは動揺した。

想像よりもずっと苦しく、ずっとつらい。ありえない太さを受け入れている恐怖に心がすくむ。

しかし、その瞬間を察したようにリカルドのキスがくちびるを覆う。すぐに離れて、鼻先がこすれた。

「痛いか……」

尋ねられて、首を左右に振る。

「苦しい？」

なおも訊かれ、ぐっと体重がかかる。片手で膝を押されると、さらに結合が深くなった。

「あっ……あっ、あっ……ん、ぁん……ッ」

腰が前後に揺れるたび、ずくずくっと肉が動く。敏感な内壁が掻き乱され、トウマは両腕を顔の横に投げ出した。

リカルドが身体を起こし、シャツを脱ぎ捨てる。逞しい身体があらわになり、鍛えた腕がトウマの両膝の裏を押さえつけた。

視線がふたりの間に落ち、結合部分に視線が向けられる。トウマは恥ずかしさに顔を背けた。なおも腰を揺すられ、突きあげられる。

「あっ、あっ……」

すすり泣くような声が出て、くちびるを噛んだ。初めて知ったセックスは、想像したものとはまるで違う。

もっと即物的な快感だと思っていたのだ。しかし実際は、複雑なバイブレーションだ。感情が体内に湧き起こり、抜き差しされるたびにせつなさが募って泣きたくなる。胸の奥が乱れ、のけぞるたびに、深々と繋がった場所が熱を持つ。

「……ここが馴染んできた。わかるだろう？」

下腹を押され、膝の上に腰が引きあげられる。

だろう。


「あっ、んっ……」

「気持ちがいいよ、トウマ。すごくいい」

繰り返すリカルドは目を伏せた。憂いを感じさせる表情に、トウマの胸は不安を覚えた。リカルドには悲しさや苦しみを感じて欲しくない。けれど、こうなった以上は、彼も傷つくだろう。

　会えなくなることは、愛し合うふたりにとってはこれ以上ない不幸だ。

「リカルド……ッ」

　差し伸ばした手が掴まれ、指先にキスされる。恭しく扱われ、トウマは目を閉じた。

「もっと、きつく、して……」

　ねだりながら引き寄せ、男の体重を身体で受け止める。リカルドが腰を押し込むと、濡れた音が響く。そしてまた引き抜かれ、いやらしく繰り返される。

「んっ、あ……、あっ……」

　激しい動きにトウマは喘ぎ、リカルドも息を乱す。互いの汗が混じり合い、初めて知る快感がトウマの心に沁み入る。

「あっ、あん……っ、あ、あっ……。きもち、いっ……リカルド、すごっ……あ、あっ……あんっ、んっ……」

　リカルドが動くたびに、身体の内側にある気持ちのいいところが押され、トウマはたまらな

くなった。見上げた空は涙で滲んで、星の輝きさえ判別できない。

けれど、月影の中にいるリカルドだけは認識できた。

世界で一番愛している。トウマのアルファだ。そして、きっと、彼がアルファでなかったとしても愛している。

「リカルド……。噛んで……」

泣きながらしがみついて、首筋を晒す。

「ヒートじゃないから……っ。大丈夫だから……っ。して。……噛んで」

切羽詰まって叫び、トウマは身をよじった。快感が募り、もう絶頂が近い。

「噛まれて、イキたい。リカルド……っ」

「……ッ」

舌を鳴らしたリカルドは、やはり逡巡《しゅんじゅん》する。しかし、それもまたほんの一瞬のことだった。

彼もまた、トウマの求めには逆らえない。

アルファもオメガも、噛んで噛まれて果てるときが、どんな行為よりも強い悦になる。

リカルドが顔を伏せ、トウマの首筋に歯が当たった。優しい甘噛みを受け、トウマの四肢が突っ張る。やがて全身が大きく震え、痙攣《けいれん》するように跳ねた。

「あ、あぁぁ……」

喉を振り絞る甘い快楽の声に、リカルドの腰が激しく前後に揺れる。

「あっ、あっ……、んぁ……っ」

のけぞり身悶えるトウマを全身で押さえつけ、首筋への甘噛みは、やがてきつい噛みしめに変わっていく。

「うっ、く……んっ……」

痛みの中に快感があり、えも言われぬ幸福の甘さにトウマは溺れた。気持ちよくて、幸せで、そしてまた、たまらなく気持ちがいい。リカルドも同じように感じていることが、身体の中で動く肉の力強さでわかる。ゴリゴリとこすられ、しっかりと抱き合ったふたりの肌がいっそう汗に濡れる。

つがいの儀式の真似事は、空虚でせつない。まるで叶わない夢を見るようだ。

そして、弾む息づかいに遠く潮騒が交じり、ふたりの夏が途切れていく。

リカルドの指が、トウマの指を捕まえて絡む。けれど、月は動き、陽が昇る。

明日が来てしまう。

その理《ことわり》だけは、誰にも止められなかった。

【6】

ずらりとイスの並んだ搭乗口で、トウマは飛行機の準備が整うのを待っていた。

遅めの夏休みを取った子ども連れが何組かいて、退屈した子どもたちは、泣いたり、騒いだり、歩き回ったりと忙しい。兄弟を追いかけた幼児が足をもつれさせてトウマの前で転ぶ。手を貸す前に、親が抱きあげた。

いつかの公園の景色を思い出し、トウマはひっそりと笑った。

シャボン玉の向こうから現れた伊達男《だておとこ》のことだ。太陽の下でも、暗闇の中でも、月影に照らされても、リカルドはいつだって眩しかった。

なによりも、トウマの身体の中で果てた彼は絶品だったと思う。

遠い記憶を辿るようにして、くちびるの端を引きあげる。あれから二週間。

トウマはニッポニアに戻り、まずは諜報機関と繋がっているメンタルクリニックを訪れた。バース性の診療も兼ねており、トウマのかかりつけの医師がいる。

老年の女性だが、トウマを見るなり、イスから転げ落ちそうに驚いた。

彼女はつがいを持つアルファだ。それでも、オメガであるトウマの変化を機敏に感じ取る。

そして、首筋にくっきり残った噛み痕《あと》を見てため息をついた。

悪い遊びを咎められ、自分の身体を大事にしなさいと続いた説教は一時間に及び、ひと通りの検査を済ませたあと、今度はカフェに移動して説教の二次会が数時間続いた。つまりは孫のように心配されているのだ。

なによりも、トウマが納得しているのかを念入りに聞いてきたが、直接的な質問は一切なかった。ただ、相手が男だと知るなり、どれほどの色男なのかを聞きたがったのは、彼女の悪い癖だ。

翌日には、つがいにされていないとの検査結果を手に、機関の本部を訪ねた。

内閣情報調査室付特別情報管理課のオフィスがあるのは、外見だけはオンボロで、中身はハイテクの極みがぎっしりと詰まったビルの地下だ。

人を食ったような態度のいけすかない管理官との話はいつにもまして気分が悪く、何度もこめかみの血管が切れかけた。ベータの管理官は、モリスの失態をまるでトウマの責任のようにあげつらい、殴りかかってこないかと期待している意地の悪さを見え隠れさせながら、一枚の紙を投げるように置いた。

転属の辞令だ。管理官は、くれぐれも退職するなと釘《くぎ》を刺し、もう一枚の辞令も突きつけてきた。舌打ち交じりだったのは、彼の本心だろう。

トウマは昇進し、給料の金額もあがった。本国を裏切っていたモリスと、悪事を企んでいたミハイロフのふたりを生きたまま捕獲したからだ。

後始末を買って出たヒューゴは、自分だけの手柄にしなかった。

そして、機関はますますトウマの特殊技能を必要としている。辞令はその証拠だ。

書類を受け取ったトウマは、ちょっとした意趣返しにヒートフェロモンを撒き散らし、真っ赤になった管理官にこっぴどく怒鳴りつけられた。そういうことをするから嫌われるのだとわかっているが、どちらが先に敵対心を見せたのかはもう思い出せない。

手にしたチケットの角を指でなぞり、空港のイスに座ったトウマはため息をこぼす。

これから、二ヶ月の長期休暇に入る。そのあとも延長する可能性はあり、最大で半年間が限度の特別療養だ。

そのままフェイドアウトするように退職されては困るから、本部は昇進と昇給の辞令を出したのだろう。

もしもリカルドとつがいになっていたら、とトウマは考えた。

本部が一般市販薬よりも強い抑制薬を支給してくるのは、組織に取り込んだオメガをアルファに奪われないためだ。それでも、オメガのエージェントはアルファと惹かれ合い、つがいの既成事実を作って退職する。相手が悪く出戻りになるオメガもいたが、つがい解消の理由はいつも不透明だ。

他人に話すことではないからと気にしてこなかったが、本部の策略はもちろん絡んでいるだろう。結婚を喜んでも、結婚退職は喜ばない。そういう組織だ。

トウマは目を伏せ、物憂い息をゆっくりと吐き出した。

指が自然と首筋を撫でて止まり、手のひらで覆う。

噛み痕はとうに消えたけれど、あの瞬間の衝撃と快楽は忘れられない。最後に見つめ合って交わしたくちづけは、いま思い出しても泣きたいぐらいに幸せだった。

別れると知っていても、リカルドに触れるたびに生きていてよかったと思えたことが、なおもいっそうトウマの胸を痛ませる。

ジャケットの内側に入れた携帯電話が震え、応答に出る。耳へ押し当てると、ヒューゴの声が聞こえた。近況を探る軽い口調の中に気遣いがあり、トウマは苦笑する。

「そうだよ、もうすぐ搭乗。……なにも変わりはないよ。うん、そのうちに会いに行く。わかってるよ」

次の任務での再会だけは最悪だ、友達甲斐がないと釘を刺され、トウマは笑いながら通話を終えた。

ため息をついて肩を上下させる。

「そのうち……」

繰り返して、ガラスの向こうに広がる飛行場を眺めた。

サンドラはもうバカンスシーズンの終わりに差しかかる。最大限のにぎやかさが元へ戻るとき、どうしても物悲しさがつきまとう。だから、ヒューゴは寂しいのだ。

アパートメントはもぬけの殻で、待ったところでトウマは訪れない。

フロアに搭乗案内が流れ、ビジネスクラスのチケットを持っているトウマは立ちあがった。搭乗口を過ぎる人の流れに交じる。ちらりと見た掲示板にはサンドラの文字があった。

そのうち、と答えた自分のしらじらしさに笑みがこぼれる。

ヒューゴとも、すぐに会える。

＊＊＊

ニッポニアを出るまでの五日間は、実家に帰って、両親と過ごした。

家柄のいい富裕層の出身で、家賃収入だけで食べていけるが、ふたりとも大学教授をしている。出産は望まずに子どもを欲したベータの夫婦だ。キャリアを優先したのか、身体的な理由なのかは聞いたことがない。

そんなことが気にならないほど、ふたりはいいところも悪いところも含んで、トウマの両親だった。

トウマが五日間も家にいると知って、講演をキャンセルしようとしたり、旅行を計画したり、舞いあがるのを止めるのにずいぶんと苦労した。普通の暮らしの中で過ごしたいと説得するのに丸一日かかったぐらいだ。

代わりに、トウマはふたりに付き添った。一日は父親と、もう一日は母親と、そして残りの二日間は買い物に出たり、のんびりとバーベキューをしたり、子どもの頃と同じように過ごして満たされた。

両親は、トウマがインテリジェンスのエージェントであることを知らない。大学院へ通いながら、政府機関でアルバイトをしていると思っているのだ。

トウマは、親の知らない顔をいくつも持っている。

けれど、両親も同じだ。仕事の顔、家庭の顔、夫婦の顔に、親の顔。そして、トウマと一番遠い世界に生きながら、黙って待ち続けるふるさとの顔をしている。

トウマはふたりに、運命を感じるアルファに出会ったと打ち明けた。

父親は困ったなと言い、母親はうまくいくといいのにねと微笑んだ。ただそれだけで話は終わる。

トウマの性格をよく知っているふたりは、口にするだけ無駄になると、助言も説教も慎んで黙る。またいつか、ふらっと帰ってきたときに聞こうと、会話に余白を残して送り出してくれた。

そのトウマは、眩しい光が降り注ぐサンドラの街にいる。

バカンスシーズンの終わりを感じさせるものはまだなにもなかった。陽差しは強く、公園ではシャボン玉が飛び交い、ビーチには無数のパラソルが立つ。

夏の恋を最後の最後まで味わい尽くそうとする男女はいっそう美しく、生命力を溢れさせながら海辺の道を闊歩《かっぽ》していた。

すべてを横目に見てくちびるを引き結び、トウマはわざと細い路地を曲がりながら丘をのぼる。サンドラの街のことなら隅々まで知っている。センターラインがくっきりと白い通りを横切り、ビジネスタウンの中心地に建てられた煉瓦《れんが》造りのビルを目指す。

青い芝が見え、ロータリーが目に入る。そこにあるのが、リカルドの会社だ。

彼の予定は手に入れてある。今日は朝一番に会議があり、そのあとは物件巡りだ。

パーティーをハシゴするだけが彼の仕事ではない。

ロータリーに白い高級車が停まっているのを見つけ、トウマはまっすぐに近づいた。

後部座席はスモーク張りで中が見えない。運転席のドアが開き、上品な年配の運転手が降りた。トウマは、ロータリーの中心に立ち、動きを止める。

車の向こうに、リカルドの姿を見たからだ。

周りをスーツの男たちに取り囲まれ、とても声をかけられる雰囲気ではない。

二週間会わなかっただけで、知らない男を見るような気がした。

そもそも、ふたりの人生には接点がない。サンドラだから、パーティーがふたりを繋いだ。

エージェントの任務があってのことだ。仕事を離れてしまえば、リカルドは地位も名誉もあるサンドラ屈指の若手実業家で、トウマとは別の世界にいる。

ふっと心が萎え、トウマはあとずさる。彼に会いに来てあげたと考えていた自分の図々しさに消え入りたくなってしまう。

二週間だ。惚れた相手を忘れるには早いかもしれない。けれど、失った恋をあきらめるにはじょうぶんだろう。次の恋が列をなして待つ、サンドラでは特に。

このまま背を向けようかと考えたが、まだ見つめていたくて動けない。声をかければ気づいてもらえるのに、夢で何度も見たように眺めるしかできず、あれは予知夢だったとぼんやり考える。

胸の奥がきゅっと苦しくなり、まぶたの裏が熱くなった。自分だけが彼を愛しているとしたら、呼び止めても無駄だろう。

約束もせずに身体を繋いだのは、トウマのわがままだ。責任を取るとリカルドは言ったけれど、トウマは責任など知らないふりで逃げた。

傷つけると知っていて望んだ行為を、リカルドはどう受け取ったのか。いまさら現れても迷惑だとなじられるかもしれない。

周りの男たちと言葉を交わしていたリカルドが、彼らに手を振ってその場を離れる。車の後ろを回ったかと思うと、ばちりと音を立てるように視線がぶつかった。トウマは驚いて右往左往したが、隠れるところはどこにもなく、ロータリーの道幅も車二台分しかない。あっという間に、目の前に立たれた。

「驚いたな。ついに幻を見るようになったかと思ったよ」

なにごともなかったかのように話すのは、リカルドの癖だろう。以前の経緯を引きずることはなく、いつも自分のペースで日々をリセットしている。自我を確立している男の余裕だ。

「長期休暇に入ったことは聞いていたんだ。そろそろ、ヒューゴを捕まえて、きみの行き先を聞き出すつもりだった。彼に借りを作らずに済んだよ」

ブルーグレイのリネンスーツを着たリカルドの声を聞いているだけで、胸がいっぱいになり、トウマは浅く息を吸い込む。

もっと堂々と現れるはずだったのに、みっともなくていたたまれない。もう一度、顔を見て、まだ気持ちが変わらなければ、覚悟を決めようと考えていたのに。

答えはもうとっくに決まっていた。自分の人生も、リカルドのことも、なにひとつあきらめるつもりはない。ほんの少しずるくなろうと、実家で意志を固めただけのことだ。

そこへ、スーツの男が近づいてきた。

「手配いたしました。すぐにでもおいでになれます」

それだけ告げて、去っていく。

「少し早いけれど、ランチに行こう」

誘ってきたリカルドは嬉しそうな笑顔を見せながら、ジャケットを脱いだ。

「今日はもう仕事もない」

「え……？」

トウマは驚いて身を乗り出す。スケジュールはびっしりと入っているはずだ。

「私がいなくてダメになる会社なら、長持ちはしないさ」

いたずらっぽく笑いながら、薄い紫色のシャツの袖をまくりあげる。生地は麻混らしく、手の込んだ染めだ。

トウマはまつげをしばたたかせた。見覚えのあるシャツは、ワインをかけたお詫びに、メゾンで買って返したものだ。

「きみよりも優先すべきことは、なにひとつないよ」

「……でも、ぼくは」

リカルドよりも仕事を選ぶ。その上で、まだ関係を続けたいと、夢のようなことを言いに来たのだ。

「きみは、きみのしたいようにするべきだ。私は、私のしたいようにする。いまは、きみを最優先する。後悔したくないからね」

「……リカルド」

「同じように思うから、来てくれたんだろう。うぬぼれていいんだろうね」

優しく微笑みかけられて、トウマは薄く笑った。

「話を、しましょう」

そう言って、ロータリーを横切った。

トウマが連れてこられたレストランは、開店前の『コヒマル』だ。いったい、いくら積んだのかと問いたくなって口を閉ざす。

ビーチサイドレストランの一等席に座り、人で埋まり始めたビーチデッキを横目に見る。真正面は淡いブルーの渚が広がっていて、まだ静かな朝の景色だった。

テーブルに出された料理は、朝採れ野菜と地魚のグリル。ハムとチーズ。それからフルーツの盛り合わせだ。ドリンクはサングリアをソーダで割る。

上機嫌なリカルドにグラスを手渡され、乾杯の声とともにそっと掲げた。

「ファミリーの新しいボスは、あなたじゃないんですね」

トウマの言葉に、リカルドは微笑んだ。

「看板を背負うと動きにくいだろう。信用のおける人間を置いておくのが一番いい」

それはやはり、ミハイロフファミリーだけでなく、この街全体のバランスを取っていくためだろう。ボスになれば、組織と子分の利益を最優先にして働かなければいけなくなる。

「きみは帰国していたんだろう。ご両親には会ったの」

「会いましたけど……」

「素敵なご両親だろうね。きみは幸せの匂いがするから」

「なんですか、それ」

思わず笑ってしまうと、リカルドはサングリアソーダで喉を潤《うるお》して言った。

「私の両親は、……もう父親しかいないが、あまり幸せな人たちではなかった。それぞれにつがいを持ちながら、アルファ同士の子どもを産もうと必死になった人たちだ。ある種の人体実験だよ。母の苦痛は相当なものだっただろうね。そんなふうだから、不幸の匂いはよくわかる」

たいしたことでもないように口にするリカルドはクールだ。

「……でも、ぼくは……あなたを不幸にするんじゃないですか」

リカルドがバース性の性質を否定しているのは、遺伝子の影響で自己が決定されていると考えたくないからだろう。誰かの匂いに影響を受けるのではなく、自分自身で家族を見つけたいと思っているのかもしれない。そうだとしたら、トウマには叶えられない。

「ぼくは、囲われて暮らしていけるタイプではないですし」

「求めてないよ。そんなことは」

リカルドの手が伸びてきて、テーブルに置いたトウマの手の甲をちょんと押した。

「この世の中にきみという存在がいれば、それでいい。どこに行っても、なにをしても……、私を愛して戻ってきてくれるなら、待っていられる」

「会いに来るんじゃないですか？」

トウマがからかうように笑うと、

「きみが許してくれたらね」

リカルドは眩しそうに目を細める。その表情が魅力的すぎて、トウマは目のやり場に困った。だから、わざとらしく意地悪を言う。

「両親の話なんかして、同情を引こうとしているんでしょう？」

「口説いているんだ。……同情で気を引けるほど、きみがたやすければいいのに。二週間も離れていられないようなセックスをしたつもりだったよ」

まっすぐに見つめられて、トウマは素直に視線を受け止めた。あの夜のすべてが思い出され、身の内からじんわりと欲情が湧き出す。

「アルファなんだから、無理を押せばいいじゃないですか」

「私の話を聞いていたかい？」

「身の上話なんて興味ありません。……聞きますけど」

「……トウマ」

テーブルの上で手のひらを差し出されたが、指を返す気にはならない。無視して食事を始めると、リカルドはその手で自分の頬を支えた。

「きみは、なにをしに戻ってきたの」

「忘れ物をした気がして」

「私のことだろう」

　頬杖をついたリカルドは楽しそうにしながら、少しずつ焦れていく。約束が欲しいのだと、トウマにもわかる。

「二週間、あなたがひとりでいたと思えません」

「……心外だな。誰にでも聞くといい。今日までどれほど憔悴して過ごしていたか」

「慰めてもらってませんか？」

「誰に……」

　リカルドの視線がきつくなったが、トウマは素知らぬふりで続けた。

「これからだって、ぼくは許しません」

「私が女に冷たいことは知っているだろう」

「……一度寝た相手には、そうでしょうね」

「これからは、きみ以外すべてに冷たくしよう。約束できる」

「求めてないんです。そんなの」

　すげなく言って顔を背けると、リカルドの手に頬を引き戻される。

「ニッポニアまで追っていくべきだったか」

「来ないから、好きです」

「……きみは難しいな」

「次は違うエリアが担当になります。それに、昇進したので……」

「おめでとう」

屈託ない言葉を投げられ、トウマはたまらず泣き笑いのような表情を浮かべた。

「ずっと、ぼくだけを好きでいてください。裏切ったら、こわいですよ」

「知ってるよ。それに、裏切る勇気なんて私にはない。……ひざまずいて、愛を乞おうか。今夜、きみが部屋に泊まってくれるなら、ひれ伏してもいい」

「……今夜だけ？」

トウマに振り回され、リカルドは困ったように眉根を寄せた。束縛するような言葉を口にしない男は、今日も慎重だ。

待っているトウマの胸は高鳴り、素知らぬふりで食事を続けた手が震え出した。

見ないふりをしたリカルドが言う。

「あの崖の家の、私のベッドの半分を、きみに進呈するよ。好きなときに、好きなだけいるといい」

ちょうどいい答えを見つけたと言わんばかりに、鳶色の瞳がキラッと光る。ロータリーで見つめたときには手に戻らないとまで悲観したのに、すべてはトウマの思い違いだ。リカルドもこの二週間、トウマのことだけを考えて過ごしていた。それはきっと、トウマよりももっと孤独で、もっと不安で、もっとせつなかっただろう。

トウマは肩をすくめて、ナフキンで口元を拭った。

「……ぼくが必要な情報は、ひとつも隠さずに出してくださいね。けして、あなたの地位を脅かすことはしませんから」

「それじゃ、恋人じゃなくて協力者じゃないか」

がっかりしたリカルドは、軽いため息をもらして肩をすくめた。顔は笑っている。

「きみのためになるように、しっかり働かないといけないな。……愛してるよ」

さりげなく告白を交ぜられ、トウマは一瞬だけ目を丸くした。言葉が胸の深い場所に沁み込み、うつむいてくちびるを噛んだ。

「トウマ。なにひとつ心配しなくていい。きみには才能に勝る度胸がある。それから、自制心と努力」

そう言ったリカルドが立ちあがり、トウマの足元に膝をついた。見上げてくる顔に、瞳を覗かれる。

「なによりも、この私が、きみに夢中だ」

甘い口説きに頭が痺れ、あきれてみせようとしてもうまくいかない。トウマは心のままに笑って、リカルドの頬を両手に包んだ。すかさず手のひらにキスする恋人の愛情に目を細めた。

「……今夜も噛んで。忘れられないから」

そう言ったあとで、トウマは付け加えた。

「あなたのことを、ですよ」

「どっちでもいいよ。きみにしてあげたい淫らなことは、まだたくさんあるから」

甘くささやかれ、トウマの身体はじわりと熱を持った。身を屈めると、リカルドが伸びあがる。くちびるが触れ合い、そっと離れて鼻先がこすれ合う。

トウマが笑うと、リカルドも微笑む。

いそしぎが鳴いて、潮騒が渚に満ちた。

「好きです、あなたが。……リカルド」

ささやきが海風に溶け、夏の名残に、恋がひとつ成就する。

トウマは、ただ幸せそうに笑うリカルドを見つめ、彼が言うところの幸せの匂いを胸いっぱいに吸い込んだ。

＊＊＊

「ところで、ヒューゴは知ってるの？　きみが戻ったこと」

リカルドに言われ、ベッドの中のトウマはハッとする。

「忘れてました。すっかり」

「それは面倒なことになるな」

笑ったリカルドに抱き寄せられ、素肌の足が絡みつく。

「明日でいいですね」

「そう……、明日でね」

リカルドの手が肌を伝い下り、トウマは震えながら受け入れた。

サンドラの崖に建つ家が、自分の帰る場所になる。そこにはトウマの愛する男がいるのだった。

END

きみへの恋

その年の夏は、いつまでも終わらなかった。

当たり前のことだ。恋い焦がれた相手の、たったひとりの『愛する男』となる名誉を与えられ、寝起きをともにするようになった。

いまだ知らずにいた幸福を、リカルドは幾度となくなぞり、あきたりずにトウマへ手を伸ばす。七分袖に隠された肘を掴み、昨晩はそこへ歯を立てたと思い出す。

快感に打ち震える表情を見せまいとする仕草は、トウマの恥じらいだ。外見の繊細さに比べて、中身はかなり豪胆な男だが、裸で抱き合うときは相応の戸惑いを見せる。

かと思うと、怒ったように開けっぴろげなそぶりをして、セックスなんてお手のものだと虚勢を張った。

どちらにしても、リカルドにはたまらなく愛しい。

だから、恥じらいにはほんの少しのいたずらを返し、大胆な誘いには甘い服従を見せる。ひれ伏してもかまわないと思うが、それを見たトウマは驚くよりも先に笑うだろう。

「なにを考えているんですか」

強い日差しを受けて、アンバーの髪がきらめく。甘い瞳が、ふわりと微笑みをたたえる。

ドライブの途中、高台に停めたコンバーチブルの車体にもたれ、ふたりは海を見ている。

「きみのことだ」

「一緒にいるのに?」

やっぱりクスクスと笑い、トウマが肩をぶつけてくる。腰に手を回しても嫌がられることはなく、爽やかな香りが寄り添う。

「毎日が新鮮で、自分でも驚いているぐらいだ。目覚めるたびに新しい人生を送っている気分がする」

「忙しい人ですね」

「目覚めたときから、きみに恋をする……」

視界を遮って顔を近づけると、色素の薄いトウマのまつげが揺らいだ。

夢見るような瞳が戸惑ったように見え、リカルドの胸の奥が痺れていく。

「あなたは、いつ、ぼくを好きになったんですか」

トウマから聞かれ、『きみは』と問いかけて言葉を飲む。

ふたりの出会いは、ありふれたパーティーの一幕だ。トウマは爽やかな色気を匂わせたパーティーコンパニオンを演じていた。

学生と言われ、リカルドも初めは疑わなかったのだ。それほど、トウマのロールプレイは完璧だった。磨けば光る原石のふりをして浮かべた野暮な笑顔さえ、美形慣れしたプレイボーイ相手の手管なのだ。

どうやって身につけたのかと、尋ねることさえ妬ましい。ターゲットの男女に近づき、ハニートラップを仕掛けるのがトウマの仕事だが、媚びを売られた相手を片っ端から始末してもまだ足りないとリカルドは思う。

　トウマに裏があると察したのは、二度目に会ったときだ。

　アルファァと知って近づき、互いに興味を引かれているはずなのに、視線を合わせようとしなかった。そんなオメガは初めてで、よほど恐ろしい目に遭ったことがあるのかと案じてしまったぐらいだ。しかし、不審にも思った。

　マフィアと繋がりを持ち、経済界に首を突っ込んでいれば、いろいろな人間から興味を持たれる。リカルドに近づく人間の八割は裏があり、見返りの代わりに身を投げ出す。

　うんざりするぐらい、繰り返されたことだ。好みであれば手を出し、楽しむことができたら、望みのものをほんの少しだけ与えてやる。しかし、二度目は絶対にない。

「いつも、答えてくれない」

　拗ねたくちびるが、ぷいっと横に逃げる。いつまで経ってもリカルドが答えないからだ。

「恥ずかしいんだよ」

　引き寄せた頬にキスをすると、疎ましそうに肩を押された。

「ぼくは覚えてます」

　つんと尖った声で、トウマが言う。

「コヒマルで食事をしたあと、酔ったあなたがラテンのステップを踏んだとき。上機嫌なあなたが、素を見せたように思えたから。……いま思えば、きっと……」

「それで、触れることを許してくれたのか」

防波堤の陰で、初めてトウマの性的な部分に触れたのだ。

「違います。あれは……」

「仕事の一環だった？　つれないな」

「そっちは、なにも特別じゃなかったくせに」

「……特別だったよ」

答えたリカルドは、身体を離した。柄にもなく照れてしまって、背を向ける。

「あまり責めないでくれ。きみは特別な相手だ」

「運命のオメガだから？」

からかうでもなく言ったトウマの額が、背中にとんっと当たる。両腕が麻のジャケットの腰に回った。

「本当のことを言ったら、きみは怒ると思うよ」

背中から抱きついてきた指に手のひらを重ねる。指を摘まみ、形のいい爪をなぞった。

「怒るけど、聞きたい」

なおも、ぐりぐりと背中に額を押しつけてきたトウマの声は、もう拗ねている。幼さと成熟の間を行ったり来たりする相手に心を乱され、戸惑いや苛立ちよりも感傷が先に立つ。

恋の始まりなんて、どんなふうに説明したらいいのだろうか。

ハニートラップを仕掛けてくる手管のまま、トウマはするりとリカルドの胸に忍び込んだ。もしも、オメガでなかったとしても、ほかにつがいがいたとしても、間違いなく好きになっただろう。好きになりたい。

リカルドはゆっくりと息を吸い込んでから、トウマの手を握った。そして話し出す。

「コヒマルでの食べっぷりが良かったからだ。見たことがないぐらい幸せそうだった。……きみだから、そう見えたんだろう」

「……よくも、そんな……歯の浮くような……」

トウマの声が小さくなっていく。手がするっと引き抜かれ、背中に感じていた熱が離れる。リカルドは驚いて振り向いた。慌てて、トウマの手を握る。

「こんなことを言えば、怒らせると思っていたんだ」

しかし、トウマは怒っていなかった。うつむいた顔を耳まで真っ赤にして、右往左往と逃げ場を探している。思わず抱き寄せた。

愛情の深さを示すような、甘い匂いが鼻孔をくすぐる。オメガのフェロモンだ。

「トウマ。……匂いを抑えないのか」

「無理。だって……」

腕の中で身をよじり、恥じらいながら見上げてくる。

「こんなに、好きなんだから」

ほんの少しつま先立って近づき、くちびる同士がそっと押し当たった。甘く優しいキスは、まるで子どもだましだ。

「なにをこわがってるんだ。もう何度も……」

笑いながら言うと、トウマの眉が吊りあがる。

「……あなたが何度も好きになってくれているみたいに、ぼくだって、目が覚めるたびに。……そっちだって、卑怯なぐらいアルファの匂いがしてます」

「当たり前だ。いま、ここで、きみを抱いたっていい」

「ぼくは嫌です」

「ディナーを終えるまでは、だろ？　食べ過ぎないでくれよ」

今夜は、トウマの好きなレストランの席をリザーブしている。

「あなただって、飲み過ぎないでくださいね」

トウマが笑い出したが、リカルドはかまわずにキスを繰り返す。

「話を、聞いてよ」

拗ねた琥珀色の瞳がきらめき、リカルドは目を細めた。

「話してくれ」

「……キスしないで」

「本当に？」

くちびるをそっと押し当て、ゆっくり離れる。トウマの顔が名残惜しげに追ってきて、くちびるはまた触れ合った。

「あ……っ」

ねだるような声をあげたトウマの腰が揺れ、リカルドはいっそう奥へ誘い込まれた。

汗ばんだ肌を手のひらで撫でて、肩に乗った足に頬を寄せる。くるぶしをキスでなぞり、腰を小刻みに振ると、

「ん、んっ……あぁっ」

波にたゆたうような愛撫に応え、トウマの声が淫靡に乱れた。身体の奥がリカルドを柔らかく締めあげ、甘く官能的なさざ波が立つ。

食事も酒もたっぷりと楽しんで、呼び出した秘書に崖の家まで送らせた。ふたりきりになり、コーヒーを飲んだ。たわいもない会話の途中で顔が近づき、そこから本当の夜が始まった。

「つらくないか」

もう少し強く穿ちたくて問いかける。苦しげに目を細めたトウマはうなずいたが、無理強いはできない。

肩から足を下ろし、腕を引いて起こす。そのまま、膝の上に座らせるように体勢を変える。

トウマの腰がわずかに逃げた。

「あっ、ん……」

「深く、入りたい」

「……だ、め……」

首を振ってリカルドの肩に手を置き、浅い場所まで抜こうとする。

「トウマ、逃げないでくれ。気持ちよくするから」

リカルドが腰を引き戻すと、トウマの背中が艶めかしくしなった。

「あ、あぁっ……っから……っ、だめ……っ」

「気持ちいいから？」

「あ……、や……っん」

肉襞がきゅうっと締まり、リカルドも息を詰めた。

「トウマ……」

「動いたら……っ。あ、あっ……。きもち、いっ……いいっ」

「もっとしっかり、しがみついて」

腕を促し、背中を抱く。ベッドのスプリングを活用して下から突き上げると、トウマの息づかいが激しくなる。聞かせるのを嫌がってこらえるから、リカルドはもっと責めてしまう。

「あぁ、あっ、あっ……。リカルド……っ、きもち、いっ……い……っ」

「私もだ。トウマ」

「おかしく、なる……っ。変な声、出る……っ」

「どこも変じゃない。わかるだろ。きみが喘ぐと……ほら、中で脈を打つ。気持ち良くて、たまらないよ」

ささやきに蕩けたトウマの腰が艶かしくよじれ、リカルドの熱も根元からしごかれる。互いの息が乱れて絡み合い、背中を抱いたリカルドはキスを求めた。

くちびるを重ねると、トウマの舌が忍び込んでくる。

「うっ……ふっ、ぅん……っ」

唾液が水音を響かせて、やがて汗に濡れた腰が律動を始めていく。

「イキそう?」

ささやいて胸を寄せる。結合はもうすっかり深く、トウマはうっとりとした表情でうなずくばかりだ。

首にしがみついてきたかと思うと、腰を揺らしながら言った。

「噛んで……」

甘い誘惑がリカルドの胸を掻き乱す。ヒート中ではないから、噛んでもつがいにはならない。わかっていても、ねだってくるトウマの声が、日中とはまるで違う妖艶さを見せるから、たまらない気分だ。

アルファの本性が牙を剥き、紳士ぶった優しさも溶けて消える。けれど、オメガであるトウマが臆することはない。服従を見せることもなく、そのしなやかな首筋をリカルドに晒す。求めに応じて息を吹きかけ、肌を舐めあげ吸いつく。リカルドの犬歯が食い込むと、ひときわ大きな声をあげたトウマの指が背中を掻いた。

強い快感を得ている身体は震え出し、泣き声のような歓喜の喘ぎが続く。

「あぁ……、リカルド、リカルド」

繋がる喜びと、名を呼ばれる幸福。そして、分け合う快感の、芳醇。

ゆるやかに満ちていく悦が極まり、リカルドは腰でトウマを突く。好きだと繰り返す互いの声が、深い愛情を呼び起こし、最後は見つめ合って果てた。


夜の静寂《しじま》に、風が揺れて、潮の匂いが部屋へ吹き込む。

気配は確かに秋めいてきた。けれど、ふたりはまだ夏の最中《さなか》だ。

何十年もあとで、あの夏は長かったと、変わらず寄り添って話をするだろう。

ふたりが出会った夏だ。ここから、すべてが始まる。

あとがき

こんにちは、高月紅葉です。今回のテーマは、オメガバース&ハニートラップ。そして、日差しが白いほど眩しい海辺のリゾート地となりました。

夜ごとに開かれるパーティーと真昼の暑さ。ハイソな人々の戯れと、下町の陽気さ。こんなリゾート地で、ひと夏をのんびり過ごせたらいいなぁと、楽しんで書きました。

リゾートはいいですね。私の海外旅行はもっぱら南の島でしたが、観光やショッピングはお付き合い程度。ビーチで海を見ているか。プールでビールを飲んでいるか。冷房の効いた部屋で、身体の熱を冷まして本を読んでいるか。ただぼんやりと、島に吹く風を感じているのが好きです。今回は南の島ではないのですが、そんな記憶からあれこれと抜き出してイメージした本です。読者さんにも、白い夏を堪能してもらえたのなら、嬉しいです。

最後になりましたが、この本の出版に関わった方々と、読んでくださったあなたに、心からのお礼を申し上げます。また次も、お会いできますように。

高月紅葉

発売おめでとう
ございます！

初出一覧

ダリア文庫をお買い上げいただきましてありがとうございます。
この本を読んでのご意見・ご感想・ファンレターをお待ちしております。

〒170-0013 東京都豊島区東池袋3-22-17　東池袋セントラルプレイス5F
(株)フロンティアワークス　ダリア編集部
感想係、または「高月紅葉先生」「篁 ふみ先生」係

この本のアンケートはコチラ!
http://www.fwinc.jp/daria/enq/
※アクセスの際にはパケット通信料が発生致します。

純潔オメガの誘淫《ハニートラップ》

2020年6月20日　第一刷発行

著　者 ――――
高月紅葉
©MOMIJI KOUDUKI 2020

発行者 ――――
辻 政英

発行所 ――――
株式会社フロンティアワークス
〒170-0013 東京都豊島区東池袋3-22-17
東池袋セントラルプレイス5F
営業　TEL 03-5957-1030
編集　TEL 03-5957-1044
http://www.fwinc.jp/daria/

印刷所 ――――
中央精版印刷株式会社